千曲川速写

[日] 岛崎藤村

杨漪漪 译

日本自然主义文学先驱
岛崎藤村"风景诗学"的典范作品
落英随云去,飞花逐水流中
"见山见水"的禅意领悟

陕西新华出版
陕西人民出版社

图书在版编目(CIP)数据

千曲川速写 /(日)岛崎藤村著；杨漪漪译. -- 西安：陕西人民出版社，2024.11
ISBN 978-7-224-15209-8

Ⅰ.①千… Ⅱ.①岛… ②杨… Ⅲ.①散文集-日本-现代 Ⅳ.①I313.65

中国国家版本馆CIP数据核字(2023)第235405号

出 品 人：赵小峰
总 策 划：关　宁
出版统筹：韩　琳
策划编辑：王　倩
责任编辑：张　现　张启阳
责任校对：张　婧
封面设计：白明娟

千曲川速写

QIANQUCHUAN SUXIE

作　　者　[日]岛崎藤村
译　　者　杨漪漪
出版发行　陕西人民出版社
　　　　　(西安市北大街147号　邮编：710003)
印　　刷　西安市建明工贸有限责任公司
开　　本　787mm×1092mm　32开
印　　张　7.25
字　　数　150千字
版　　次　2024年11月第1版
印　　次　2024年11月第1次印刷
书　　号　ISBN 978-7-224-15209-8
定　　价　29.00元

前　言

　　岛崎藤村（1872—1943）是日本近现代著名诗人、散文家和小说家，也是日本自然主义文学的重要代表人物。他一生著作颇丰，除诗歌、小说，还有为数众多的童话和散文随笔。代表作有诗集《嫩菜集》，长篇小说《破戒》《春》《家》《黎明之前》等。《千曲川速写》是岛崎藤村最重要的散文集。

　　岛崎藤村出生于日本长野县筑摩郡一个没落的地主家庭，自幼受到中国传统文化的影响，1913年至1916年赴法国留学，回国后在早稻田大学和庆应大学讲授法国文学。1935年被选为日本笔会会长，次年因《黎明之前》获朝日文化奖，1939年被选为日本帝国艺术院会员。岛崎藤村在日本近代文学史上占有十分重要的位置。

　　明治三十二年（1899），岛崎藤村受到恩师木村雄二的邀请，赴信州小诸城[①]的小诸义塾担任英语和国语教师，之后在小诸城生活了七年。这段时间被称为"岛崎藤村的小诸城时代"。岛崎藤村在千曲川流过的信州古地，倾心与知识分子、商人、士族交往，深入了解山民农户的生活状况，浸润在古老的语言与风俗之中，感受人与自然的隐秘联系。岛崎藤村在小诸城变幻莫测的气候中，走过山间的树林、溪流、乱石，踏足乡间的桑园、水田、菜地，观赏四季的朝霜、暖雨、夜雾，用自然流畅的笔触抒发游子的愁绪，感慨世事的无常，探寻人生的真谛。应该说，《千曲川速写》中始终弥漫着一种忧郁气息。这部作品就是岛崎藤村远离都市，退隐信州小诸城教书期间写下的风景人物散文集，也是日本文学史上的自然写作经典。

谈及翻译《千曲川速写》的缘起，还要追溯到 2018 年 7 月。我有幸参加了由长野县日中友好协会和日中友好会馆后乐寮共同举办的日本家庭寄宿活动。更为幸运的是，我和同伴恰好被安排到了千曲市的森川家。三天两夜的寄宿活动，千曲市日中友好协会的日本朋友们和森川一家人热情地接待了我们，他们精心周到的安排和陪伴给我留下了难以忘怀的印象，让我觉得中日两国人民的友好情谊几十年来正是通过这样如涓涓细流一般的交往而历久弥新。

在交流活动中，我们依次游览了长野地区的小诸城、佐久、

---

① 小诸城：现在的日本长野县小诸市，位于日本长野县东部。这里在江户时代之前曾经是繁华的城下町（战国时代、江户时代以大名所居住的城为中心而繁华的市街）。另有"小诸城址"，指日本战国时代武田信玄在天文十二年（1543）攻占小诸地区，为了管控东信州命山本勘助与马场信房而在此筑城，并建造了小诸城堡（现怀古园址）。

饭山、中野等地，至今回想起，仍令我心驰神往。那淳朴的民风和大山中的自然气息正如岛崎藤村笔下所描写的一般。在翻译这部书稿的过程中，我不禁遐想一百多年前千曲川沿岸会是什么样子，和现在有什么不同。事实上，除了对景物、人物的描写，几乎在每篇散文里，岛崎藤村都表达了对日本民众生存状况的关注，初步探究了地主与佃农的关系。散文的背景是明治维新后，日本经济社会发展的上升期。那个时候日本民众的有序、坚忍、勤劳的品性，如今在千曲市的民众生活中仍然依稀可见。在我看来，这一耿直、质朴的民风，如同在长野县境内蜿蜒流淌的千曲川，清澈而又充满活力。

能够完成这本译著，我要衷心感谢大连外国语大学赵勇教授的悉心指导和帮助，还有出版社编辑耐心细致的工作，是他们的辛苦付出和努力才让这本书得以付梓与读者见面。

《千曲川速写》是岛崎藤村在二十世纪初遁入信浓山区积累下来的散文随笔，也是他为友人写的风情札记，更是风景诗学的传世典范。岛崎藤村用细腻的笔触将一个世纪前的一方景物、人物、风土人情、风俗习惯凝固在文字中。无论是平静的白描，还是激越的抒怀，都包含着岛崎藤村"见山见水"的禅意领悟。落英随云去，飞花逐水流。在四季更替、时光流转中，我们大多数人都在为自己的目标拼命向前冲，跑着跑着，会突然发现自己回到了原点。一百多年前，岛崎藤村记录生活的随笔，让人感到自然而沉静。其实我们每个人都可以这样做，拂去眼前的浮躁，享受轻快、干净、纯美的文字。蓦然回首，你会发现生活原来都是一幅幅画卷。

学海无涯，译域无疆。译文中的疏漏和不当之处在所难免，真诚欢迎广大读者朋友批评指正。

杨漪漪

二〇二三年元月于青岛

序

尊敬的吉村——小树——，现在我准备用写给你的一段话作为本书的序章。我还是希望用已经习惯了的亲昵名字称呼你。那一段山上生活的回忆，多年来一直萦绕在我的心头。今天，作为对那段生活的纪念，这些文字终于能够呈现在你的面前了。

小树，你我的缘分真是太深厚了。记得最初到你家时，你还没有出生，我也仍是个少年。后来你出生了，从那时起我就抱着你、背着你到处走。后来，你去日本桥久松町的小学上学时，我也到了白金附近的明治学院求学。你和我几乎是像兄弟一般一起成长起来的。那一年，我到木曾的姐姐家过暑假的时候，也是你一路陪伴我。我记得，那次旅行好像是你第一次出远门。再到后来，我在信州的小诸城结婚成家，连续两个夏天，都是我和妻子一起在山上接待你。那个时候，你马上就要中学毕业，已经成长为一个模样俊朗、优秀出色的青年了。其中一个夏天是你陪同父亲一起来到我家的，另外一个夏天是你一个人来的。

我想，当你看到这本书里描写的小诸城址、中棚温泉和浅间山一带的斜坡等风景时，会觉得都是无比亲切的回忆吧。实际上，给你写下这些文字绝不仅仅是为了作为本书的序章，这本书的全部内容都是写给你的。是那个住在山上时的我写给那个还穿着中学生制服的你的文字。这些于我而言都是最自然不过的情感，我想也能成为对当时那段生活最好的纪念。

"难道不能让自己生活得更鲜活、质朴一些吗？"这是当时我希望逃脱大城市的空气，向往山里生活的真实想法。我来到了信州，来到了信州百姓生活之中，也学习到了各种各样的生活技能。在小诸城的私塾里，一方面我作为乡村教师为城里的商人、旧士族以及老百姓的孩子们上课；另一方面，无论是学校的勤杂工还是学生的家长们都教会了我很多很多东西。最终，我在山上度过了七年悠长的岁月。我对文学创作的理想也从诗歌转变成了小说。这本书的基本写作素材就是三四年间，我在山里默默生活时的点滴印象。

小树啊，你的父亲已经仙逝，而我的妻子也已经不在人间了。从我离开山里，时至今日，你我的生活状态都完全改变了。但是，在小诸城生活的那七年，对于我来说却是这一生都无法忘怀的时光。直到现在，我在千曲川沿岸度过的那些生活点滴依然活灵活现地展现在我眼前。我甚至觉得自己仍然置身于浅间山脚下那乱石嶙峋的斜坡上，似乎能够嗅到那泥土的味道。我陆续公开发表了《破戒》《绿叶集》，还有《藤村集》和《家》的一部分，再加上最近写的一些短篇作品，你都是我最忠实的读者。我想你能够了解，我在山上生活的那段时间所受到的林林总总的影响是何等深刻呀。在这本散文集里，我没有能够将我的挚友神津猛所居住的山村周遭的情况介绍给你，实在是遗憾。至今，我都没有特别地为年轻的读者写过一些什么，这本书也就算作是将这么多年积累的素材集结在一起了。如果，书中所写能够为寂寞角落里生活着的人们带来些许慰藉，我将不胜感激。

大正元年① 冬
藤村

---

① 大正为大正天皇嘉仁的年号。大正元年为公元 1912 年。

目录

第一部分   1

学生的家   3

天牛虫   7

乌帽子山麓的牧场   8

第二部分   15

青麦成熟的时候   17

一群少年   19

麦田   21

古城的初夏   24

第三部分　33

山庄　35
卖解毒药的女人　40
银色笨蛋　41
祭祀活动的前夜　42
十三日的衹园　45
衹园祭之后　50

第四部分　51

中棚　53
小橡树的树荫　58

第五部分　59

山中温泉　61
校园生活　65
乡村教师　68
九月的田间小路　69
山中生活　71
护林员　75

第六部分　79

秋天的修学旅行　81
甲州公路　82
山村一夜　84
高原之上　86

第七部分　91

落叶　93

炉边闲话　96

小阳春　99

小阳春的山冈旁　100

农夫的生活　103

收获　106

巡礼之歌　110

第八部分　113

简餐　115

松林深处　118

深山灯影　121

山中早餐　126

第九部分　129

雪国的圣诞节　131

长野气象站　137

铁道草　139

屠牛　140

第十部分　149

沿着千曲川　151

河船　155

雪之海　158

爱的印记　161

到山上去　162

第十一部分　165

住在山上的人们　167

柳田茂十郎　174

佃农之家　176

第十二部分　185

路旁杂草　187

学生之死　190

温暖的雨　193

北山狼及其他　195

赔礼道歉　197

春天的前奏　199

星空　200

第一朵花　201

山上的春天　203

后记　205

第一部分

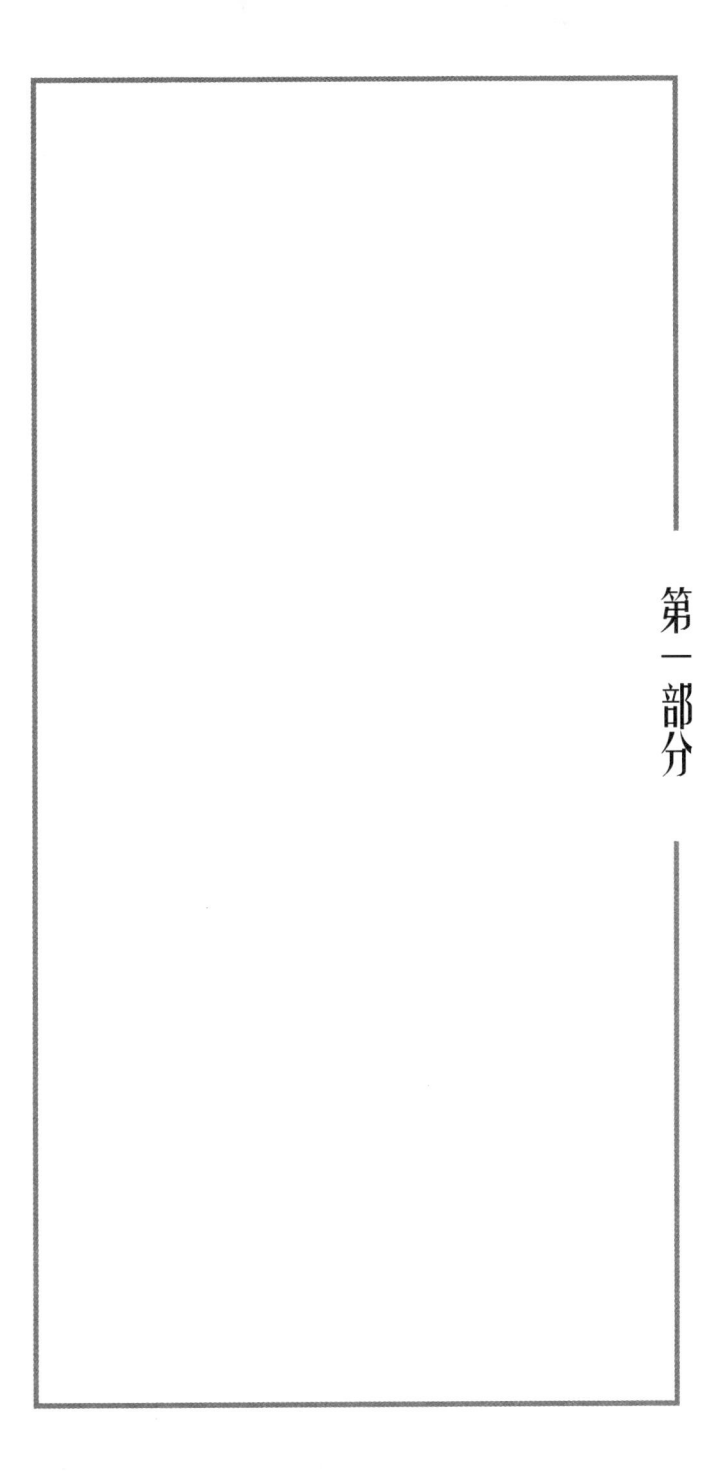

学生的家

在地久节①期间,我和两三个同事一起去御牧原一带的山里游玩了一番。我们像猎人一般在松林间行走,在长满幼松的山冈上采集到了很多蕨菜。然后,我们返回名叫鸧洼的山村。这里可以算作是山村中的小山村了。在那里,我们度过了半天的闲暇时光。

目前,我在小诸城址附近的学校里教书,学生们的年纪和你差不多。你可以想象一下,我们这山里的春天多么令人期待,而春天的时光又是多么短暂。不到四月二十九日,花是不会开的。梅花、樱花还有李花几乎是同时绽放。二十五日,在小诸城旧址的怀古园里会举行祭祀活动。这时,花朵们也到了盛放的时期。然而,风雨就像每年约定好了时间一般如期而至。一时间,所有的花朵就会尽数掉落。我们的教室周围被八重樱环抱着,

---

① 地久节:日本的一个节日,并无固定日期,天皇、皇后的诞生日即为地久节。

大概从三周前开始，完全如同花束一般密密层层的樱花，甚至开到了教室玻璃窗的边上。课间休息时，走出教室一望，那浓密花朵的倩影就会映照在我们脸上。学生们在樱花树下跑来跑去，打闹嬉戏。特别的是，每当有小学的小同学们来到校园里，孩子们玩起捉迷藏，要么藏在树后面，要么在树枝旁被逮到，宛若小鸟一般，可爱极了。怎么样，是不是感觉完全变成了初夏的光景。大概一周前，午饭过后，我和四五个学生一起去参观了一次怀古园。在那些已经荒废了的高高的石墙之间，若隐若现地埋藏着吐绿的新芽。

我教的学生不只是住在小诸城附近的年轻人，家住在平原、小原、山浦、大久保、西原、滋野，以及小诸城附近其他村落的都有。学生们通常步行七八里路上学。这样的学生多是农家的子弟。白天学校里的学习一结束，他们就会踏上回家的路途，或是沿着贯穿松林的铁路线，或是顺着千曲川的河堤两岸，耳听蛙声一片，一路走回家去。山浦和大久保是千曲川对岸的村落，那片土地盛产牛蒡和胡萝卜等优质蔬菜。滋野不归属于北佐久管辖，是指位于小县斜坡上的一大片农村地区，我的学生中有很多来自那附近的各个村落。

这里的男女老少都从事繁重的体力劳动。像你这样在大城市里接受教育的青年人，一定不知道养蚕休息日这种事情吧？例如在外国农村的小麦产地，通常学校会放麦收假。我记得在哪本书里看到过类似的内容。我们这里的养蚕休息日大概和那种麦收假类似。在农忙时节，即使是学生也必须帮助家里干农活。我身边的学生们从少年时代开始就这样帮助家里劳作，他们已经非常习惯这样的生活了。

　　S君是一位来自小原村的学生。有一天，我与他约好，要去他家里进行家访。我本身是非常喜欢小原那样的村落的，因为那里绿树成荫，一派生机盎然的气息。并且，从小诸城通往那些村落的路就是田地之间平整的小道，这也是我非常喜欢的。

　　嗅着麦田嫩叶馥郁的清香，我起身出发了。身旁左右，都是一望无际的麦田，微风袭来泛起阵阵绿波。那荡漾的绿波之中，若隐若现的是麦穗耀眼的白光。散步于这样的田间小路，侧耳倾听谷底传来的声声蛙鸣，我的心都被笼罩在一种奇妙无比的感觉之中。那青蛙繁殖的叫声着实令人惊讶。这个不可思议的生物世界，通过这种方式，将无限活力传递到我们的内心。

　　最近这段时间，S君家开始经营起一间牛奶铺子。这是一户人丁兴旺的农民家庭，他的父亲和兄长在这一带颇具威望。来到这样的乡下村落，看到动辄七八口人的家庭，并不是什么稀奇的事情。甚至有些是十口、十五口人的大家庭。在S君家里，上至长辈下到孩童，大家都恭敬有礼。在一派田园风情之中，这户农家的每一个人都深深地打动着我。

　　小树，你曾经造访过农家吗？农家大门里的庭院通常很宽敞，厨房旁边一直到后门都是贯通的。在房屋建筑之中，总留有几平方米的"土间"，是一种没有铺设地板的泥土地面，这是农家建屋的特色。S君家的"土间"就紧挨着葡萄架，旁边搭建了养牛的小棚子，棚里养着的是仅有的三头奶牛。

　　S君的哥哥提着一个很大的水桶，朝着养牛棚的方向走了过来。S君和母亲两个人蹲在房门口，将刚挤出来的新鲜牛奶装入罐子中。我站在他们身旁，看了有好一阵子。

过了一会儿，我来到牛棚前面，跟 S 君的哥哥打听了一些关于养牛的情况。比如，要观察牛的脾气性格，有的性格温顺，容易挤奶，有的则性格吝惜，不大情愿被挤奶。奶牛的性格既有暴躁的，也有沉着冷静的，各不相同。同时，牛具有非常敏锐的听觉，能通过脚步声判断来的是不是主人。我还听说，为了能够让这些奶牛休养生息，他家还在西边开设了一块牧场。

晚上需要送出去的牛奶已经准备好了，于是，S 君的哥哥朝着小诸城的方向出发了。

天牛虫

在我居住的山上，总是能够遇见一位长着毫无光泽的茶色头发的姑娘。或许，她头发的颜色更接近灰白色。或是茅草屋前面，或是桑田里堆满石头的矮墙旁，这位姑娘站在那里的情形，就会让我感觉到这片土地上的生活该有多么荒芜和萧瑟啊。

"小老百姓啊，从春到秋不停地劳作，到了冬天也就仅仅剩下一点能吃的东西。就像那天牛虫一样——吃完了就没有了，吃完了就没有了——"

学校里的勤杂工对我如是说。

乌帽子山麓的牧场

水彩画家B君游历欧美各国归来之后，在他的故乡根津村修建了一座新的画室。以前，有一位同是水彩画家的M君曾经来到我们学校执教，他画了大量描绘信州风光的作品。但是，仅仅过了一年，他就回东京去了。现如今，B君接替了M君的工作，负责学生们的美术教学。B君利用画室工作的闲暇时间，每周从根津村来到小诸城上课。

我打算利用周六的时间去拜访这位画家。从小诸城出发，乘坐火车到达田中，之后要再走上七八里，才能登上小县的陡坡。

根津村里还住着一位我们学校毕业的名叫O君的青年人。O君曾经说过希望去参加士兵学校的考试，但是，如今作为一个能够独当一面的农夫也不觉得有什么丢人的。我也顺路去了O君的家，见到了O君的母亲和姐姐。他的母亲是一位体态丰腴、身材高大的妇人，红彤彤泛着油光的脸给人一种质朴的愉快感。归根到底，千曲川沿岸生活着的女人们经常进行田间劳作，随之而来的，是脾气秉性也就变得很强硬。对于看惯了在大城市里生活的女人们的你来说，这些恐怕都是难以想象的吧。而且，在这里我也真的遇到过让人感到有些粗鲁的妇人。但是，O君的母亲却完全没有那般粗鲁。无论怎样，这都是一位拥有令人惊叹的健硕体格的农村妇人。O君姐姐的手也能看得出来，那是一双干惯了农活的女人的手。

在B君和B君邻居家主人的盛情邀请之下，我环游了根津村。据说，邻居家的主人是B君从小学时代就开始结交的好友。站在大斜坡上，你可以尽情欣赏这个村落的全貌，甚至能够看到千曲川一路奔腾，流向遥远的山谷底部。

田间小路将村落与村落分隔开来。我们沿着这些小路，走进了柳树的嫩枝绿荫里。在河谷里，一种叫作"鬼芹"的有毒茅草开枝散叶，长势繁茂。我们选择了一处小山的山脚，三个人都脱了鞋，光脚踩在杂草上。B君的朋友顺势取出随身带来的烧酒。时常有三五成群的年轻女孩子，从我们面前草地上的酒席前经过。她们是赶着去割草的。

B君的朋友像是想起了什么似的，说道："记得我们俩曾经到这里来练习射击，还喝过半天的酒呢。"

听朋友这么一说，B君也似乎回想起了出国留洋之前的往事，回答道："哦，那已经是五年前的事了……"

与朋友聊天的同时，B君已经取出了自己的写生画本，那灰色的柳树枝干和随风摇曳的柔软嫩叶已经跃然呈现在了他的画上。这位画家的写生画本一定是从不离身的，即便是出去稍微散步的当口。

第二天，我和B君两个人朝着乌帽子山的方向出发了。我一提出想要去看看周围牧场的想法，B君就回应道他也想顺道去写生。最终，我还是承蒙B君招待了一晚。不过，从这个村子的位置出发到牧场，必须要走上大约十里的山路。如果没有向导，我们两个人是没有办法成行的。

夏山，山鹡鸰，只是听听这样的地名，你就能够想象得出我们将要行进的山路的样子了吧。这里的土壤十分干燥，像是灰土一样，被人们戏称为"青菜炸豆腐汤"。脚踏这样的土路，穿过杂树丛中的一条细细长长的小路，在一片片微微泛黄的嫩叶形成的清凉树荫之下，我们偶遇了旅行的商人。

我们继续向更深的大山里前行，耳边不断地能听到山鸠等鸟儿的啼叫声。B君一边朝前走，一边开始谈起他去飞驒旅行的话题。他提到，每当听到"十一"这种鸟儿的声音，就会感到很寂寞和凄凉。"十一……十一……十一……"B君不断地用细细的嗓音模仿那飞跃山谷的鸟儿的啼叫声。说话间，我们来到了一处高冈上。

你能想象得到那山冈上的情形吗？那些可爱的花草犹如白色风铃一般低垂着，初夏的阳光洋溢其间。我们完全无从知晓，这里竟然生长着一片拥有如此沁人心脾的香气的山谷百合。B君说他在西洋游历之时就听说过这种花，虽然知道在日本的北海道和浅间山脉也有这种花分布，但是无论如何，今天看到这么大片的花朵，也没有了想要采撷它们的心情。我们俩都舒展身体，翻身倒在草丛之上。这里宛若花朵的卧榻。山谷百合的另外一个名字就是"君影草"，有"幸福归来"的含义，懂花又爱花的 B 君如是说。

能够同 B 君这样一位美术家谈论各种各样有趣的故事，向着牧场的方向前行，我竟然完全忘记了疲倦和劳累。山冈之上还到处盛开着美丽的杜鹃花，因为牛并不吃这种花朵，所以它们开放得异常繁茂。

我们一眼望过去，映入眼帘的是一大片广袤的高原，一圈走下来，足足得有十五六里路程。你能够看到牛群。有的牛似乎在想着什么，突然间朝我俩站立的方向看一眼，狂奔过来。在经过这些放养着的牛群身边时，完全不习惯这种生活的我莫名地感到毛骨悚然，心有余悸。于是，我们赶紧朝放牧人住的地方走去。

放牧人住的窝棚就在山谷底部。到达那个窝棚之前，我们还遇到了在山溪间饮水的小牛犊，还有采蕨菜的小孩子。因为会有牛冲撞而来，很容易弄坏房门和窗户，这个小窝棚周围被围上了栅栏。一位上了年纪的放牧人住在窝棚里。那块小小的仅有丁点儿大的贫瘠田地，好像也是这位老大爷种的。在那破败的茅草屋檐下，老大爷为我们烧了开水，并沏了茶。窝棚里的墙壁上挂着一件叫作"山猫"的东西，里面盛放着锯、砍柴刀和镰刀之类的农具。老大爷很健谈，他脸上的神情似乎在对我们说："你们能到这山里来，真是太好了。"作为放牧人，老大爷为我们讲述了很多关于养牛的经验，并且谈到他每月可以从牧场管理者那里得到十日元[①]的补助等。另外，在提起自己的经历时他说道，他是从其他牧场迁居到这个叫作西入的山谷里来的。老大爷说，牛的犄角非常锋利，经常会擦蹭刮破东西，这令他非常烦恼。老大爷还说到了现在的情形，牧场的草很短，数量也稀少，所以牛群都是一边吃草一边往前迁徙的。

这位放牧大爷略作沉思，开始谈起眼前看不到的牛群的故事。他甚至觉得那些牛会不会顺着山间深深的沼泽地，朝着山里温泉的方向走去了。

"什么？那沼泽地是不会延伸到山脚下的。牛群可是连柳树叶都会捋下来吃掉的。"

如此这般，老大爷像是重新思考了一番，又说起了有关牛的话题。

没过多久，我们在放牧大爷的陪伴下走出了那间窝棚。就好像那些牛在等待着他一样，老大爷出来时手里提着盐。一路上，老大爷为我们讲述着各种各样有趣的事情，什么"这块牧场的牧草是羊胡子草，是牛儿最喜欢的"啦，什么"现在，这里的树长得太低了，到了夏天一定会闷热得不得了"啦。

来到这处牧场走走看看，在这里，我感到人和牛的生活几乎融合在了一起。放牧的老大爷熟知喂给牛一些盐之后再让它们饮用清水，能够治疗牛的疾病之类的常识。他甚至还能够分辨得出月经期母牛的叫声。

---

① 文中十日元的购买力：本书文章写于日本明治三十年代，当时一日元大概相当于现在的两万日元。

经过漫山遍野盛开的野木瓜的紫色花朵，我们再一次朝着能看见牛群的地方走过去。放牧人走到近旁，刚伸手拿出盐，黑色的小牛就率先扇着耳朵朝这边走了过来。紧接着，那些额头宽大、眼神温和的红色牛，还有脖子很长的花斑牛等，一个接一个，陆陆续续走到了放牧人身边。牛儿们连一句"我要开始吃饭了"也不说，纷纷点着头摇着尾巴，慢慢地凑到能吃到盐的地方。老大爷告诉我们，这些牛来到此处牧场不久，也像人一样有点想家呢。但是，过几天就会习惯这里的环境。于是，强壮的牛和强壮的牛逐渐聚拢到一起，瘦弱的牛就和瘦弱的牛凑到一块儿。我们面前的大斜坡上，远远地能看见那里的牛群，或是躺卧，或是站起，悠闲地在草地上嬉戏着……

　　各处的主顾会以每个月五十分日元一头的价格，将这些母牛托管在这处牧场。现在这里只有五十头母牛，其中有一头是种牛。放牧人的职责主要就是照看牛繁衍生息。我和 B 君对老大爷的热情接待表示感谢之后，就与他话别离开了。

第二部分

青麦成熟的时候

我们学校里的勤杂工是一位很幽默的人，他总是给我讲各种各样的故事。除去做学校勤杂工的工作之外，他还在家里租种了田地。当然，田里的劳作主要由他的弟弟和年迈的父亲承担。这是一个纯粹的佃农家庭。学校白天的课程结束之后，勤杂工都要打扫每一间教室。有的时候，他那脸颊红润的妻子就会背着孩子来到学校，给自己的丈夫帮帮忙。我们学校的老师当中也有家里种田的，勤杂工有时会去与他交好的老师家，帮助做一些田间管理工作。校长家里每年都会种植蔬菜，还会种植燕麦之类的粮食作物，俨然是一个具有相当规模的农户。学校放假时，我会拉住这个勤杂工，向他打听一些关于种田的事。

我们教师办公室的房间临近旧士族的宅邸遗迹，隔着层层松林，能听得见深渊中流淌着的千曲川奔流不息的水声。办公室位于某间教室的楼上，一边挨着干事室，一边邻接校长室，占据着二楼的一个角落。办公室里一共有四扇窗。从其中一扇窗望出去，映入眼帘的是成片耸立的松林，还能看见远处校长家的屋顶。透过对面的那扇窗户，能够望得见连绵起伏的浅浅的山谷、桑田和竹林。极目远眺，甚至远山的一部分也能尽收眼底。

办公室的窗户虽然稍显斑驳，却是远眺风景的极佳之处。于是，我倚靠在其中一扇窗前，听着勤杂工讲述六月间播撒豆种的辛劳。锄地，播种，施肥，培土，这是需要四个人干的活。但是土地上滚烫，就像起了火，光着脚是很难播种豆子的，只有穿着草鞋才能渐渐适应这种工作。勤杂工还给我讲了种麦子的过程。比如，在九十坪①土地上种麦子，需要一斗的米糠作为肥料。操作的流程是将大麦的外壳和稻草放在一起，使之腐烂发酵，再混合进米糠，然后播撒在麦田里。勤杂工告诉我，麦田的收入是要作为佃农的年租上缴给地主的，夏季的豆子和荞麦等才能成为农户真正的收益。

如果总是刮南风，浅间山的积雪就会慢慢融化；如果吹起西风来，那么田里的青麦就要成熟了。这是勤杂工教会我的农业常识。当他说起这些时，我感到微温湿润的西风透过窗棂，正在温柔地轻抚我们的脸庞。

---

① 坪：日本土地面积单位。1坪大约3.3平方米。

一群少年

学校放学后回家的路上,在一处跨越铁道路口的石墙下面,我遇到了一群少年。他们大多穿着稻草鞋,脸上挂着两条黑黑的线,或是鼻涕或是汗渍,其中也有些孩子光着脚踩在泥土地上。"混蛋!""你才是混蛋!"他们相互揉搓着彼此的脸,追逐着,玩着摔跤一类的游戏。

无论在什么地方,孩子都是最好的演员。当我这个旁观者站在那里望着他们的时候,他们的神态和语调就更是得意起来。看到有的孩子攀爬到那段看起来很危险的石墙上时,站在石墙下面的孩子们就会招呼着:"小心会受伤啊!"在这群孩子中间,有一个看起来比较瘦弱的小孩子。我问起他几岁了。

"我啊,五岁了。"那孩子回答道。

从远处水车磨坊的方向,传来了其他孩子们嬉戏的声音。在我身边打闹玩耍的这群孩子,听到远处的声响后,一窝蜂地快步朝那边跑去。

"喂，傻小子，你不去吗——快点，拉上我的手。"其中一个年龄大一点的孩子俨然哥哥一般，一边说着一边拉起了年龄较小孩子的手。

"嘿，米饭也要吃啊！"话音未落，有一个孩子突然抓起身边的一把杂草，塞到了另外一个小朋友的嘴巴里。

于是，嘴巴里被恶作剧塞满了杂草的孩子也就不保持沉默了，"你给我记着，走着瞧"之类的话虽然没有说出口，但还是大叫了一声："你这个混蛋！"

"你这个混账东西！"对方带着轻蔑的神情回应道。

"什么，你才是混蛋！"这边这个孩子竟然拿起石头打到了对面去。

"太烦人了，太烦人了！"一个孩子一边笑着一边逃跑，另一个孩子手里拿着根木棒在后面追打着。还有的孩子背着小婴儿，跟在那群孩子后面追逐着。

小树君，我告诉你，刚刚我说的这些情景，每天都能在我们学校上下学的路上看到。有时我还能看到，一些大人冲着孩子们抛掷石头，戏谑地说道："混蛋，我要'杀'了你啊！"小树君，其实这些就是大人和孩子之间毫无顾忌地说的一些天真的玩笑话啊。

对于在东京下町[①]长大的你来说，看到这些乡下生活的情景会做何感想呢？一定会觉得他们很野蛮没教养吧。但是，我想对你说，正是这种所谓的野蛮，才更能给那些旅途疲惫的游人带来一些活泼的生动的，甚至带着些许刺激的新鲜感。

---

① 下町：多指城市中的商业手工业者居住区。

麦　田

　　青绿色的田野里弥漫着犹如蒸汽升腾一般的光亮。目光所及之处，麦田周围的树木全都披上了新绿，枝芽上新生的嫩叶生机盎然。空中荡漾着云雀的啼鸣，时而混杂了麻雀的叫声，间或还能听到苇莺尖锐细长的鸣叫声。这一带的田地都是沿着火山山麓的大斜坡开垦和耕种的，因此全部都需要依靠石墙进行加固和支撑。这些石墙盖满了杂草的叶子，和石头墙一样多的就是这里的柿子树了。柿子树的嫩叶是透明的，散发着黄澄澄的光。走在这树荫之下，真是让人心旷神怡。

　　小诸城正是背靠着这样的斜坡，沿着北国街道的两侧，逐渐发展和兴盛起来的一个狭长的小城。其中，本町和荒町以光岳寺为界线，分别向左右两方曲折错落着延展开去。这两个区域主要集中着一些店铺和商家。本町和荒町的两端又继续发展成为市町和与良町。我从本町的最后面出发，横跨过连同车站一起发展起来的相生町街道，接着又穿过了留存着古老士族宅邸遗迹的袋町，朝着田地一侧的小路走去。往这边走一走，看一看，就会发现家家户户的屋檐几乎将荒町和与良町连接在了一起。这里也是能够望得见部分小城风景的所在。小城里家家户户的墙壁，无论是白色的，还是土色的，全都掩映在初夏时节那吐着新绿的嫩叶里。

在庄稼旁边的草地上，躺卧着一位农活干累了的男人。他伸着满是泥土的脚，仰面朝天地躺着休息。青色的麦穗已经开始向成熟的黄绿色转变，萝卜也正在盛放着白色的花朵。我沿着石头墙和草堤之间那铺满了碎石的羊肠小路走着，不一会儿就来到了靠近与良町的那片麦田。

雏鹰在我头顶上盘旋飞舞。我选择了一处青草繁茂的地方，一边嗅着泥土的清香，一边伸展四肢悠闲地躺卧下来。富含水蒸气的风拂面而来，麦田里的麦穗相互摩擦着，随风舞动，沙沙作响，如同窃窃私语一般。麦穗的摩擦声中，还能听得见在麦田里砍草的老百姓挥舞锄头的声音……这时，如果侧耳倾听，那朝着山谷深处奔流而去的潺潺溪水的声响似乎也传了过来。听着这些声音，我试着想象了一下流沙的样子。我屏气凝神，仔仔细细地倾听那些声响。但是，我总不能像一只田鼠似的，一个人待在长得如此之高的草丛里。乳白色的让人微醺的云雾里，一片光亮的天空令我感到身心疲惫。大自然于我而言，是一个无法长时间关注的事物……或许我是想逃离这里回到家乡吧。

于是，席地而卧的我突然间起身。温暖湿润的风拂过麦田，我的头发也被吹乱了，贴附在前额上。我赶紧再一次戴上帽子，来回踱步。

　　田埂之间很多孩子在嬉戏玩耍。田地里还有干农活的妇女们，她们戴着套袖，系着浅黄色的束和服长袖的带子，露着手腕。农妇们往往将还在襁褓中的小婴儿哄睡在草堤上，一旦孩子睡醒过来开始啜泣，年轻的母亲就会立即放下手中的农具，急匆匆跑到孩子身边。然后，田间地头里，母亲顺势将孩子搂抱在怀里，用甘甜的乳汁哺育她的宝贝。我觉得自己像是在心无旁骛地欣赏一幅画一样，呆立在那里许久，远远地望着那对母子。草堤上还有一位老婆婆将砍好的杂草捆好，背上向远处走去。

　　在与良町的后街，我巧遇正在赶去田里干活的K君。K君个子不高，是一位开朗活泼的人，听他说刚刚迎娶了一位年轻的夫人。作为未来建设新时代小诸城的青壮年主力军的一员，他被生活在这片热土上的家乡人给予了厚重的期望。我觉得这样的年轻人耕种田地是一件非常有趣的事情。

　　一位闲居的老人打了一声招呼就从我面前走了过去。他头发斑白，眼窝深陷，鼻子高挺，一双大手骨节分明。老人腰间插着一个镶嵌着兽角的大烟斗。K君指着那位老人，对我讲起那是这一带屈指可数的老农。那位老人像是想起了什么似的，回头朝着我们这边看了看，他那花白的短胡须清晰可见。

　　一位肩担着肥料桶的男人也朝着麦田的方向走过去。K君也将他指给我看，并笑着说道："你看，那个桶里一定有他在别的田地里偷的葱一类的东西呦。"在那之后，我还遇到了一位头发花白、目光暗淡的农夫，他的脸红通通的，看起来是一位好酒之人。

古城的初夏

我的同事当中有一位理学士,主要讲授物理和化学课程。

学校白天课程全部结束的时候,我恰好经过了这位年老学士授课的教室。我站在教室门口向里面张望,只见学士虽然已经结束了课程的讲授,却仍旧站在桌子前面,为几个学生解答着什么问题。他面前的书桌上,摆放着大理石的碎屑、盛放盐酸的瓶子、烧杯、玻璃试管等实验器具,蜡烛也依旧燃烧着。学士将自己手中的烧杯稍稍倾斜一些,拿给学生们看。二氧化碳就从烧杯上面的玻璃盖往下流淌,然后,蜡烛的火焰像是被浇上了水一般熄灭了。

满脸稚气的学生们聚拢在学士的讲桌周围,或是张大嘴巴,或是瞪圆着眼睛,态度认真、聚精会神地看着老师的实验操作。有的人微笑着,有的人抱着肩膀,有的人托着腮帮……学生们的神情和姿态真是千奇百怪,各式各样。当听老师讲到,如果将鸟或是老鼠放到烧杯中,它们马上就会死去时,一个学生突然间霍地站了起来，问道："老师，如果换成小虫子行吗？"

"嗯，虫子并不像鸟类那样需要依赖更多的氧气生存啊。"

说话间，刚刚提问的那个学生不见了踪影。我原想那学生是不是一声不响地离开了教室呢，转头朝窗外一看，果不其然，他的身影出现在一棵桃树下面。

"啊，原来他抓虫子去了。"一个望向窗外的学生大声叫道。

在繁茂的樱花树荫里，抓虫的那个学生来来回回地寻觅着。没过多一会儿，他好像抓到了什么似的返回教室，并将他手里的东西送到老师手里。

"是蜜蜂吗？"学士满脸不悦地问道。

"啊，蜜蜂生气了——小心它要蜇人了，它要蜇人了！"

学生们七嘴八舌地热烈议论着。这时，学士反躬着身子，摆出一副防止被蜜蜂蜇伤的姿势。当把那蜜蜂放入烧杯里时，学生们都笑了起来，似乎觉得这么做并没有什么。有的学生大叫"死了，死了！"，有的学生感叹"这个软弱的家伙"。烧杯里的蜜蜂好像在验证某种真理一样，在里面转了几圈之后，扭动着身子，拼命挣扎了几下，死去了。

"已经死去了，哈。"学士说着也笑了起来。

那一天，在校长的带领下，学校里的其他同事一道去了怀古园练习射箭。在树荫下，同事们围在一起，制造了一个大概有十五间[①]大小的射箭场。我也在学士的邀请之下，从学校径直朝古城遗址方向走过去。

---

① 间：日本长度计量单位。1 间约等于 1.82 米。

26

　　我最初遇到学士的时候，以为他只是一位到乡下来过隐居生活的年长学者，从没有想过能与他相处得那样亲密而融洽。我们——除去其他三位同事，都如旅途中的鸟儿一样，是这个地方的过客。学士更是一位饱尝过人间辛酸苦辣的人啊。他对于服装打扮完全不在意，讲授课程却很用心。又或许是因为他总是穿着被粉笔灰弄脏后，却完全没有好好打理过的旧西装，所以，他刚到这个小城时，人们总是与他保持距离，不愿与之交往。一般老百姓对于某个人的社会价值，往往根据他的穿着打扮和收入的多少来判断。但是渐渐地，学生的父亲兄弟们却不能不认可这位学士的正直、亲切以及高贵的品格。我也从来没有见到过像这位学士一样性格外向的人。不知道从什么时候开始，我竟同这位老学士成了好朋友，就像能听见自己内心的声音一样，那无法抑制的叹息，甚至是隐藏在身体里的愤懑之声，都能够听得见。

　　我们相伴同行。那位学士的言谈中，时常掺杂着一些法语单词。每当听到这些夹杂着外语的谈话，我就能够想象学士那丰富的学术经历和辉煌的过往。他就是这样的一个人，在那不修边幅的外表之下，实际上仍然留存着某些往日的潇洒与别致。学士胸前的领结总是系得很有趣，这种很少见的领结系法有时显得尤为突兀。看到他的这幅打扮，我也像个孩子似的忍不住想笑。

　　黄白相间的柿子花开始凋落了，铺洒得到处都是，散发着阵阵香气。学士手里提着放有弓箭袋子的包，边走边说："嗯，事实上有这么一件事。在这群孩子中间，我家的那个二儿子相扑的功夫还是非常了得的。最近，很多人称赞他拉弓射箭的技术不错，但是，在相扑这方面，被取的名字就有点可笑了。我记得叫什么来着——海鲨鱼。"

听他说起这些事，我笑得不能自已。学士本人也忍不住笑了起来，说道："哥哥也是有名字的。当我问他'你小子叫啥名字'时，他回答我，'爸爸，你不是喜欢弓箭吗，那我就叫"百发百中"好了'。你听听竟然叫'百发百中'，这小孩子的性情有时真是好笑啊。"

我一边听着这位学士像老大爷一般诉说着，一边来到了古城门前。正巧碰到了一位骑马而过的医生，我们互相打了声招呼。

学士一边目送他，一边喃喃地说道："这位先生也是一位对动植物充满好奇的人，养小鸡啊，马啊，小鸟啊，还种牵牛花……菊花盛开的时候，他就会赏玩菊花。在这乡下农村的某些地方，好像总是会有类似这位医生一样的言行古怪之人。他总是说：'什么，其他的那些人还能称得上医生吗？顶多是个卖药的。不值一提。'多么气势嚣张的样子啊，他总是带着一副高高在上的气势这样评论着。但是，这位医生是一个秉性善良、幽默风趣之人。他去乡下问诊时，如果患者没有买药的钱，那么谷物之类的什么都行，甚至大葱成熟的时候，拿上些葱也可以冲抵药费。所以，他和当地百姓相交甚好，在百姓中的口碑也不错……"

言行古怪之人，不仅仅是这位医生。一天天过着无聊日子的旧士族们，在闲愁难遣之时，有些人就去千曲川垂钓，过得如同隐士一般。还有的旧士族，姐妹两人就住在城门旁，有时帮着向怀古园送送水啊，有时到村公所里帮帮忙。所以说，旧士族中古怪之人颇多。这些言行古怪的人也可以说就是我们这个时代造就的。

如果你有机会来到这一带旧士族的官邸遗迹走走看看，就会发现，桑田里随处可见的是荒废了的土墙和只剩下地基的残垣断壁，还会听闻很多已经离散了的家族的悲伤过往。返回头来，如果你看看本町和荒町的商人之家繁盛兴旺的生活，你就会发现时代已经以令人吃惊的速度留下了不可思议的痕迹。不过也可以说，即便到了其他的地方，那些能够崭露头角、建功立业的新式人物，大抵仍旧是那些受过良好教育的士族子孙。

现在，这位学士手提弓箭，沿着破败的旧城墙坡道往上走着，他也是某个藩国的士族。据说我们学校的校长是江户时期的武士家臣。兼任学校干事和汉学教师的那位老师是一个退役的宪兵大尉，也是小诸城藩的人。这位学士，在十九岁的时候还曾参加过战争。

我来到这处古城墙游览，眺望着眼前的风景，那是你无法想象的美景。这种美是一种从繁茂嫩叶的树荫里一直望向悠远连绵皑皑雪山的意境。从我这里望向日本阿尔卑斯山，那完全被白雪覆盖的山脊犹如一面洁白的墙壁。

怀古园里，紫藤、玉兰、杜鹃、牡丹等花朵竞相开放，一时间各色鲜花交相辉映，香气满园。但是现在，花朵的香气早已经被那浓厚的新芽吐绿的青叶芳香所取代了。要想一睹千曲川的壮美，一定得要登上天主台才可以。你能想象那山谷之深吗？浅间山一带的陡峭岩壁像大海一样跌宕起伏。当你顺着斜坡一路走到漆黑的松树林之下，就会看到眼前一派六月晴空下的美好景象。我在前文中跟你提起的乌帽子山麓的牧场，还有B君所住的根津村，在这里都看不见。我们选择的射箭场掩映在成片的毛榉树和枫树的绿荫之下，站在高墙向下俯视，就会看到这绿荫如海的景象。

射击场里有一间非常适合远眺的茶室。我取走了寄存在那里的射箭用具，同学士一起顺着长满苔藓的石阶往下走。在寂静的射箭场，我们还看到了其他一些陌生的面孔。

"说起来，到明天为止，我练习拉弓射箭就满一年了。"

"虽说已经练习了一年的时间，可是只要稍微有几天不拉弓，就完全射不准靶心。总觉得像是开玩笑似的。"

"这真是令人吃惊啊。这可是个一尺二寸的靶子呀。拜托了，你稳稳地射一次箭吧。"

"啪！"

"这样弄也不行——"

上面的这番对话就发生在练习拉强弓的汉学教师和体操教师之间。理学士虽然拉了一张最弱的弓箭，却因为他十分认真，所以总是能射中靶心。

说起古城遗址，你一定认为那里是完全没有人居住的地方吧。我现在就要将城门旁住着的看门人，还有怀古园茶室介绍给你。在城门之外还居住着养鸡户，这个人是带病之身，因为无聊苦闷，也到我们的射箭场来走走。于是，每当我们一齐拉满弓，箭尾的羽毛蹭着脸颊之时，站在我们身后的他就会发出一些奇特的批评。比如，他会用戏谑的语气说：

"怎么了？这位老师已经厌倦拉弓了吧？您这样的人物，直接在这射箭场喂鸟吧。真是等到那一天，这个地方啊，可就是我的地盘了……但是，这拉弓射箭嘛，好像总是没完没了的。"

他反反复复唠叨着这些话。有的人好不容易使尽浑身力气准备拉弓，被他这么一说，便没了劲头，连弓也拉不动了。

对于来到小诸城隐居的学士来说，这处绿荫看上去更像是一处隐藏在深处的乐土。当他珍藏已久甚是喜爱的鹰羽箭，一齐飞向白色靶子的时候，学士似乎忘却了一切。

突然间，一阵翻滚着热浪的雨洒落下来，甚至能听见远处的雷声，浅间山的大部分都消失在雨里，只有山麓部分看得见。山间萦绕着灰蒙蒙的一片，模糊不清，朦朦胧胧。风吹拂着几朵云团游走于山岭之间，甚至吹动一些云团径直向我们头顶上方的山巅移动。我原本以为这雨是一阵子的，雨云过去了雨就会停下，没承想转眼间又下了起来。

"看来这雨是真的要下起来了啊！"

学士一边说着，一边去拆除自己新搭起来的七寸靶子。

在城址旁的桑田里，还有很多在田间忙碌的农户，他们虽然被刚刚的急雨淋湿了衣服，却仍然辛勤地劳作着。站在这里，极目远眺那天边游走的云，你会发现，初夏的日光正在透过青色的嫩叶，迫不及待地倾泻而下，铺满这片田地。弓箭手们纷纷射出了颇有气势的一箭。不承想，那疾风骤雨又一次倾泻了下来。到头来，大家都悻悻地收了兵，最终放弃射箭，朝茶室的方向走去。

我和学士一同从城址那高高的残垣断壁上下来，踏上了归途。这时，我们看到东方的天空出现了一道深颜色的彩虹。而事实上，这位学士依然是非常悠闲地漫步而行，走得甚是惬意。

第二部分

山　庄

一股涓涓细流从浅间山方向随着山势缓缓而下，到了竹林密布的地方被分成了两股。水车磨坊所在之处恰好是山谷中的低洼地，其中一股水流朝着磨坊的方向而去，横穿过我家的后院。另一股水流向着马场后面的城町流淌。沿着这溪水两岸逐渐排开的就是我们各家各户的房子。住在这里的人们都加入了劳动合作社，当然我家也不例外。事实上，我刚搬到这里的时候，立刻就被要求加入这个劳动合作社。归根到底，这个小诸城的町镇几乎没有什么平坦的地方。由于地势连绵起伏，这里稍微有些降雨，雨水就会裹挟着泥沙冲进小河。我如果想去本町一带购物的话，就不得不从鳞次栉比的房屋旁边的大斜坡爬上去。

我们劳动合作社里最优秀的人是一位工作非常勤勉的成衣铺店主。这位店主经常去本町的一个商家家里玩。有一天，商家的掌柜过来邀请我和成衣铺店主过去玩玩。据他讲，现在店里生意不忙，店员们都到东泽的别墅去了。

小树君，我已经向你稍微介绍过一些古城附近的情况，城里居民的生活情形还没有谈起过，那么就从我被成衣铺店主建议去看看的那个商家的山庄说起吧。

你也曾经有去地方小城市旅游的经历吧？在那里遇到最多的通常是从附近的町镇过来买东西的男女老少啊，到此一游的游客啊，等等，相反的，却是很少能够碰到住在这个小城里的人们。想必你也发现了在小城镇里经常会有这样的情形吧？乡下人的神经过敏会在这样的地方上演。小诸城也是这样的。常常会看到，有些来到这里的外地人，会选择去城町后面、小路上，或是田地旁的羊肠小道逛一逛，这些自以为是的人在这小城里来来往往，好不热闹。

我和成衣铺店主一起，转了转本町那条商家店铺林立的大道，而这条道刚好可以拐到田地旁的一条小路上。从整个小诸城最后面欣赏这个小城的一部分，你会发现白色墙壁的建筑混杂在土墙壁的建筑里，所有建筑又都修筑在坚硬结实的石头地基上。其中有的建筑建有高耸的三层窗户，像城郭似的映着天边阴沉的太阳。那些建筑，与人从表面看到的灰暗朴素的门帘形成了强烈的对比，它代表着这方水土的气质和富饶。

现在正是麦收的秋季。一年两季始终呈现金黄色的田野在我们的眼前铺陈开来。已经有很多麦田完成了收割工作。当我们走到半道的时候，遇到了一位手里提着装有腌渍鱼肉包袱的人，于是与他一道同行。

成衣铺店主回过头来问这个人："插秧的工作已经完全结束了吧？"

"是的，两三天之前终于完工了。在以往，这些插秧的工作本来应该在十天前结束的，最近却变得越来越慢。原本这处背阴地的农田一年到头几乎没有什么实质性收获，但是这一季的麦子却收获满满。"

"是不是因为气候变暖了的缘故呢？"

"是啊，也有这样的说法。与过去相比，田地的数量一直在增加，然而田里的水质却变得不好，呈现富营养化。"那个人的目光望向远方，回答道。

东泽的别墅里聚集了许多商家。城内的店里留守着的只剩老板娘和两三个小伙计，而其余的人都到别墅这里来玩了。在东京的手工业者聚集的地方长大的你（日本桥天马町的缝衣针批发店、浅草猿屋町的隐居之处等等，对于你我来说都是令人怀念的名字了）大概能想象得到，现如今的我与一些怎样的人在一起。

山庄是一栋二层建筑，前面有一方池塘，正好位于一个安静的山间溪流的源头。池塘的左面，一大片松树林环抱着一个浅浅的山谷。这一天，空中阴云密布，竟连天空的模样都无法辨析。据说，如果天气晴朗，从这里甚至能够远眺到富士山之巅。池塘边，竞相开放、争奇斗艳的菖蒲花让人心情畅快，愉悦无比。成衣铺店主指着庭院里种植的朝鲜罗汉柏让我们欣赏，并特意告诉我们这是从东京移栽过来的稀罕品种。但是，我对那植物却并不感兴趣。

在主人的带领下，我们来到了景致优美的二楼参观。主人剪着干练朴素的短发，衣着的质地是乡村风格的手工制条纹布，腰间系着藏青色的围裙。听说，这位主人并不是掌握着财产所有权的继承人，但给人的感觉却是一位非常气派的大店铺老板。那位体态肥硕的商家掌柜也来到了我们身边，说是池塘里的鲤鱼已经被做成了盐烤口味，于是主人邀请我们一起去喝酒品鱼。楼下的厅堂里站着五六位小伙计，有的忙着做菜，有的忙着传菜、上菜和打杂。

在这里，一些微不足道的细节却能让人感觉到朴素严格的大店铺风范。掌柜的发现，只有我们面前的凉拌豆腐盘子里放上了干松鱼刨片，而他和主人的盘子里却没有，于是他站在楼梯上瞟了一眼楼梯下站着的伙计，吩咐道："这凉拌豆腐里怎么能只放酱油呢？喂！赶快取些干松鱼刨片拿上来。"

没过一会儿，只见小伙计端上来两大盘装得满满的大片大片的干松鱼刨片。

用餐过后不久，掌柜的从楼下将日本象棋棋盘端上来，放在成衣铺店主面前，然后说："让你两个子儿。"

"虽然有二十年没玩过了，但也不一定会输给你啊。"成衣铺店主笑道。

主人看起来也对下棋很感兴趣。他一边说着，一边思考着棋局，嘴里一会儿说成衣铺店主脾气好，一会儿说有一步好棋。突然之间，掌柜的发起了进攻，坐在对面的对手立刻陷入败局。掌柜的呷了一口酒，脸上的表情似乎在说："哼，谁来下都行。"

"让我来下一盘吧。"主人跳出来，开始同掌柜的下棋。

渐渐地，主人的运气也开始不好。掌柜的一边用手指叩打着自己的头，一边啧啧说道："实在不好意思啊。"最后，主人输了。于是两个人又开始第二轮的对战。

　　楼梯下面，一个腰里系着荷包的男孩子正在逗弄一只黑色的西洋狗。忽然间，那孩子开始撒娇着吵着要回家。小伙计们无法哄住那孩子。成衣铺店主看不下去了，亲自下楼去哄小孩子。这个时候，我开始一个人在庭院四处走走。麻叶绣线菊的花虽然开得有些迟，但终于绽放了。走到紫藤树下面，竟还能看到池塘中的锦鲤雀跃嬉戏。只听旁边有人说道："这么深的池塘，恐怕很难捕到锦鲤吧。"

　　我绕着池塘转了一圈，只见掌柜的涨红着脸从二楼走了下来。

　　"对局结果如何啊？"成衣铺店主询问道。

　　"两局都是我赢了！"

　　掌柜的反复在自己鼻子前面狠狠地握拳，在我们面前扬扬得意地自夸起来。之后，四处回荡着的就是他那高亢而爽快的笑声。

　　同这样一群人在一起，我在这个有点阴郁之气的大山中度过了一段闲暇时光。在淅淅沥沥的雨水中，我们一行人离开了这栋山中别墅。

　　掌柜的已经喝得半醉半醒了，他醉醺醺地对我们说："你们两个人打一把伞吧。所谓同打一把伞，可是两个人要情投意合才更有意趣啊！"说着将一把粗制的油纸伞借给我们。于是，我和成衣铺店主同打一把伞往回赶路。

　　不一会儿，还是有一位小伙计追赶上我们，说道："请再拿上一把伞吧。"

卖解毒药的女人

"解毒药,您需要购买吗?"一阵阵越后[①]口音的女人叫卖声回荡在各家各户的门前,那声音高亢而又洪亮。

这群女人都是一身旅行者的装束,皮肤黝黑,每个人都背着一个硕大的包裹,头上戴着遮阳的斗笠。她们如同燕子一般聚集在一起,结伴而行,从时节迥异的遥远之地,不辞辛劳地千里跋涉来到这偏远的大山之中。就像鸟儿成群结队飞行一样,当它们休息时,往往分散到这家或那户的屋檐下,这群卖药的女人来到村子里,就自动地三三两两结伴,分头去家家户户各做各的生意。这个季节,我在去学校上课途中,几乎每天都会遇到这群卖解毒药的女人。她们都有一个共同的特点,就是精气神十足,身体强壮。

---

① 越后国:日本旧国名。日本古代的令制国之一,属北陆道,亦称越州。越后国的领域相当于新潟县(除佐渡岛外),是面向日本海的南北狭长的北陆之国。

银色笨蛋

曾经有人说过,"无论在哪里,总是会有一两个笨蛋"。

我走过一条贫穷的街道,碰到一位长着络腮胡子的糖果店老板。他坐在一堵高高的石头墙上,吹奏着一支中国笛子。这里是靠近火车站的后街,是我往返于学校的必经之路。从岩石众多的桑田之间穿过来到大街上,你会看到拉着车从陡坡上下来的人,像是被后面的什么推着一路冲了下来。那车上拉的货物竟是宰杀后得到的猪腿肉。这时,我听到身后有人议论着,那个拉车的人好像叫"银色笨蛋"。据说,"银色笨蛋"就是只会默默干活的笨蛋。还有人说,这个笨蛋居然不知道他家的宅基地被其他人侵占了,仍然勤勤恳恳、任劳任怨地劳作。

祭祀活动的前夜

春蚕养殖结束的时候,在这片土地上就迎来了祇园祭的时节。这个小城里不搞养蚕生意的人家屈指可数。养蚕甚至成为寺院里僧侣们一年当中的主要收入来源。我们家却是从来没有养过蚕的,因此听闻这里的养蚕风俗真是觉得不可思议啊。在这样的大山之中,阴暗的养蚕棚,扑面而来的浑浊空气,蚕幼虫的生长,桑田收成的好坏,有时为了养蚕男女老少几乎要彻夜奋战和忙碌。诸如此类,如果我不将它们一一描述给你听,或许我真的无法告诉你,当人们经历了辛劳过后再去参加祇园祭,那是何等的畅快和欢愉。

腰间插着杆秤、背后背着麻袋的人们从诹访和松本一带陆陆续续地赶到这个小城来。一时间,旅舍也会被这些访客住得爆满。他们大多各按所好选择住宿之地,那些肩担背扛着收获的蚕茧,在街巷间来来往往的身影,不知不觉中为这小城增添了许多鲜活的气息。

小城里已经连续下了二十几天的雨，空气中弥漫着湿哒哒的潮气。七月二十日之后，天空渐渐晴朗了起来。连绵的阴雨过后，阳光显得格外明媚通透。往日里被淹没在雨雾氤氲里的完全看不清轮廓的远山，也终于在阳光的照射下呈现出桔梗色。祇园祭的这一天，城中无论大人还是孩子都会准备一身新衣服，只等待着祭祀活动开始。

这个小城里的一些团体之间存在着明争暗斗的现象，我也曾有所耳闻。但是，在这里我并不想向你提起。我只将祭祀活动之前不断出现的一些纷纷扰扰说一说吧。听说有一段时间，祭祀活动到底举不举办，就在小城里引起过轩然大波。虽然这样，每年到了祭祀的时节，从月初开始，这个小城四处就会陆续出现装饰成拱门样子的装饰物，七天后，每个城町上空都充满了祭祀装饰物。伴随着祭祀活动的余波，甚至有的人家就此搬迁了，因为据说他们因神舆抬进家里而不胜其扰。从围绕着祭祀活动引发的喧嚷，弄得满城风雨，你就可以理解，这个小城里的人们到底多么期待祭祀活动到来。很多商人也特别地期待祭祀活动的热闹和繁华。因为无论怎样，人们养蚕的收入至少都要拿出来花销一些。

入夜之后，举行的是一种叫作"汤立"[①]的仪式。这天晚上，城町里的居民纷纷提着灯笼聚集到神社里。为了一睹那壮观的

[①] 汤立祭神仪式传承于平安时代，起源于日光市的清泷神社，最开始仅是僧侣们上山修行时举行的一种活动。先用直径70厘米的大锅将水煮沸，再由身穿白礼服的神职人员将很多盐放入火和大锅中净化身心。接着，神职人员用捆成一束的竹叶搅拌热水后，用力反复将竹叶甩过头顶，让全身被扬起的水花包围，同时祈祷家人安康。

场面，我也从家里走出来。夜空繁星点点，熠熠生辉。在神社前面遇到了贩卖糖果的人。这是一位因为谣曲[①]早已功成名就的人物，却隐居于这个小城里很久了。

本町的那条大路上，提着红色或白色灯笼的人熙熙攘攘，仿佛灯笼上映现的就是人们来回过往的脸庞。在来来往往的人群中，我巧遇了手拉手一起出来看热闹的鸽子店的I君和纸店的K君。两个人都是这个小城里出了名的活泼可爱的小姑娘。

---

① 谣曲：日本古典戏剧能乐的词曲。

十三日的祇园

十三日这一天学校放假了。本来，学校对于放假还是正常上课一直有争论。可是，大多数情况下，校长总是执行放假停课的方针，而干事先生却总是主张尽可能不休息正常上课。无论如何，祇园祭祀活动放假却是每一年的惯例。

附近村镇的小姑娘早早就来到这里，她们三五成群地聚集在小城的各个地方。当地的小买卖人纷纷摆摊卖货，四处都能看到他们忙碌的身影。只要将一块展开的毯子蒙在门板或是木桶上面，毯子之上就可以摆放食品以供售卖，而小商贩们自己则坐在用晒布板临时制作的小板凳上。平日就与我相识的蔬菜店老板夫妇俩人也摆开了摊位，他们选的地方恰好位于从本町到市町转角的位置。脸色青黑的男主人和体态肥硕的老板娘互相帮衬着，忙碌着，他们卖的食物既有油豆皮寿司，也有海苔饭卷。走在街上，你还能看到家境贫困的孩子也穿上了新做的单衣，好像在搬运着什么东西似的，在大街上匆匆走过。小城里的这样一番情景让人不由得觉得，这才是真正的节日气氛啊。

午后，我家里的人被B君的姊妹们招呼着一起看神舆巡游去了。B君来到我家里，要拜读一下清少纳言的《枕草子》。我家的孩子也经常去他们家里玩。

这时，远远地能听见接连不断的撞钟声，钟声是从光岳寺的钟楼里传出来的，悠扬地飘荡在整个小城上空。在有祭祀活动的节日里，无论是谁都可以登上钟楼随意撞钟祈福，这在平日里是不被允许的。从三点左右开始，我沿着经常去的那家劳动合作社的房子，登上被夏日阳光烤热的坡道。沿着坡道一路向上，我发现家家户户都挂着青绿色的竹帘，就这样一直拐到了去往本町的街角。那竹帘真的与这七月的祭祀活动再相称不过了。

一群到小城凑热闹看祭祀活动的人从我面前经过，就像是展开了一幅充满乡土气息的画卷。附近村镇里的男女老少习惯也不尽相同，有的男人用紫色绒布带子一圈圈宽宽地缠在腰间；有的女伴们在大大的盘发褶皱里插戴的是看上去很重的装饰品；有的姑娘打着男人用的洋伞；有的孩子系着棉质法兰绒围裙，还将围裙下摆掖在屁股后面；还有一个小姑娘，黑黑的胖脚丫上套着白色的袜子，外面穿着袖子很短的和服。人群熙熙攘攘的好不热闹，十里二十里的路程转眼间就走到了。人群中有来自轻井泽周边的游客，也有好奇地四处张望的西洋妇人。小城里的孩子们快乐无比地嬉笑着、打闹着，在人群中跑跳着，健步如飞。

不久，从城町的下面，人们把木臼滚上来了。看热闹的游客纷纷逃进坡道两侧的屋檐下。

"加油，加油！"人们喊着号子，抬着沉重的神舆走了过来。

在狭窄街道的正中间，有时人们要将神舆放置在木臼上面歇口气。抬神舆的都是血气方刚的汉子，他们一圈一圈绕着神舆转圈，扬起手叫喊着号子，在雄壮有力的欢呼声中，再一次抬起神舆继续前行。一种韵律潜移默化地在看热闹的游客周身流淌。回家的路上，我甚至看见连小孩子也和着同样的节拍跟着往前走。

小城里喧闹的一天终于结束了。不知为什么，人们的心情却很难平静下来。六点左右，我又来到本町的拐角处张望。"加油！加油！"的号子声已经有些嘶哑了，甚至成了"嗨呀！嗨呀！"的呼喊声。人们浑身带着酒气，刚刚把神舆抬到小城的最高处，却突然都走下坡道来。五六十个起哄的人跟在后面疯狂地叫喊着。很多巡警和负责祭祀活动的人们纷纷跑过来，聚拢到附近。恰逢晚饭时间，外来的游客差不多都散去，踏上了回家的路。但是抬神舆的人反倒情绪越发激动起来。当他们从商家店铺前经过时，看热闹的人无不为他们捏了一把汗。

突然间，抬神舆成了一种运动。在一户住家门前，有人率先动手，有人举起手上前去制止。就在双方争执不下之时，神舆向一边倾倒下去。这时，有眼疾手快的人从门前飞奔上前，试图擎住倾倒的神舆。骚乱中雪上加霜的是，有人被踩倒在地，脸上流出了鲜血。

"快把神舆放下！把神舆放下！"巡警聚集过来，大声训斥道。

最终，只有抬神舆的人才被允许留在现场。神舆四周现在有戴白帽、穿白衣的人保护着。有人叫喊了一声："那么，好了，抬起来吧！"人们迅速将神舆朝仲町的街角方向抬过去。突然，看热闹的人群中，一个大块头男人被撞倒了。

"孩子们，快点跑啊！"大家纷纷谴责道。

"巡警们真的好辛苦啊！"

"真是太麻烦了！"看热闹的人议论道。

天黑下来后，小城里家家户户都挂起了灯笼，灯火摇曳，璀璨迷人。卷帘卷上去了，店前的地上铺了毛毯，四周立起屏风，人们坐在靠近门口的地方乘凉。

神舆已经从市町向新町方向移动了。在一个坡道上，小姑娘们在捡拾着如同下雨一般从天而降的香火钱。我还看见提着灯笼往来找寻什么的青砥的子孙[①]，一个五十岁左右的女人从阴暗处走出来，或是摸探一下石头，或是抓攥几下土块。我不由得想，这真是一个充满算计和贪欲的人世啊。

市町的桥靠近学校植物老师的家。与我相熟的 T 君是一位医生，他家距离那座桥很近。桥栏杆两侧黑影绰绰，有人在习习凉风中惬意地享受着，有人时不时探出头张望一下，也有人扯着粗哑的破锣嗓唱着歌，还有女孩被人拉着手却百般拒绝。

晚上九点过后，马场后的灯笼发出的光亮像天刚刚擦黑的样子。劳动合作社里的人聚集在裁缝店或是典当行门前，一边

---

① 青砥的子孙：指捡拾神社里香火钱的人。传说青砥藤纲曾经在镰仓的滑川丢过十文钱，后来他竟花费五十文钱雇人帮他打捞上来。

纳凉一边谈论着祭祀活动中的见闻。这天夜里几乎看不到闪烁的群星。萤火虫在暗流中迷失了方向,飞进小城之中,散发出蓝色的光芒。

祇园祭之后

第二天，从早晨开始就淅淅沥沥地下起了冰冷的雨。我家周围的柿子树、李子树等的绿叶上都挂着晶莹的雨滴。看着李子树叶被雨水浸透的样子，让人倍感凉爽。

本町的大道上，家家户户门前还都挂着祭祀活动用的灯笼。因为被这些天混乱嘈杂的活动所影响，此时的街景与往日已然不同。挂在商铺门前的藏青色的布帘后还挂上了竹帘，显得异常安静，似乎听得见帘子里房屋后间传来烟斗敲击炭火盆边的声响。姑娘和孩子撑伞在街上游逛。前两天祭祀活动中使用的木臼滚到角落里，也被七月的雨水打湿了。

到了十四日，家家户户都要蒸煮红豆饭，做酱油炖菜，用以祈求幸福。就这样欢乐地度过这一天。过了午后四点，天依然没有放晴。头顶黑漆帽子，腰挎旧式长刀，看起来好似暂时从戏剧中走出来的男人，同神官、祭祀活动组织者和小孩子们一起，穿过那些祭祀装饰物，走在小雨淅沥的大街上。他们装扮一致，都穿着浅黄色的武士礼服。

第四部分

中　棚

从我们学校的教师办公室望出去，能够看见浅浅的山谷。山谷之中的地被开垦过，种了大量树木，其中桑树居多。

这里的山谷被夹在多是松林的崖壁中间，在古城附近有好几处这样的山谷。随着山谷向千曲川方向延伸，谷底变得越发深邃。我们几个人选中城门边的一块草地，经过一番翻土平整，将草地改造为网球练习场。这周边也是山谷的起点之一。M君在小诸城居住时，常来这个山谷附近作水彩画。据体操老师讲，很久以前，可能是山体崩塌的时候，从浅间山的方向冲来很大的洪水，造就了此地如此变化多端的地势。

八月初，我穿过一道山谷，朝中棚方向出发。我经常去那边远足，不仅因为那边有矿泉，还因为那边到我家的距离不远不近，出家门稍微走一会儿就到了。

中棚附近的耕地非常多。顺着斜坡往一处山崖顶端走，快走到一半的时候，就会发现一处小而精致整洁的房屋，那就是校长的别墅。山崖之下就是温泉村，在这里能看到温泉的旗帜，远处还有成片的苹果树林。千曲川向着温泉村和苹果林奔流而去。

午后一点刚过，我穿过一条两旁种满了庄稼的小路，朝千曲川河畔走去。乱石丛生的路边长满了芦苇、艾蒿，还有低矮的柳树。来自长野师范学校的学生和我一道，从中穿梭而行。他们两个是 A 君和 W 君。暑假期间，这些学生经常到我家里来看书学习。河岸边还有很多少年穿着泳衣，踏着热沙来戏水。少年之中也混有我们学校的学生。

天气越来越热，我经常带领自己的学生们到这里游泳。我想起曾经在隅田川等地游泳的经历，但是就水流湍急的程度来说，隅田川与千曲川完全不能相提并论。蓝色澄净的河水像油一样缓慢地流淌，一旦遇到急流险滩，河水湍急奔流的样子几乎令人眩晕。往河流上游望去，能够看到河水被河底的暗礁阻挡，泛起阵阵白色水花。转头再向下游看，水流又如同箭头一般，飞速朝着远处射出。这是因为湍急的河水撞到五里渊的红色崖壁，瞬间形成了巨大的冲击和落差，终究以势不可挡的力量冲向下游去了。在这条河里，为什么水流不是从这处岩石直接冲向对面的崖壁呢？你会发现，清澈的河水下，隐约藏着众多巨大的岩石。要是不小心迷路，很可能就被顺流冲走了。所以，对此地不熟悉的人从上游一路游下来的话，是很难抓住眼前的岩石爬上岸边的。

这里同流经平原地带的利根川不一样，河流中心地带与河岸形成了巨大的倾角。我们一行人来到了河中露出岩石的地方，在开满鼠尾草花的岩石的阴凉处度过了两个多小时的时光。有人趴在河岸边滚烫的沙石上晒后背,有人扑通一声跳进了河里。这一带的河滩,连小姑娘们都会过来游玩。她们卷起袖子,掖起裙摆,光脚踩在河水中,无忧无虑地嬉戏打闹。

突然,有三个戴着草帽的身影出现在岩石丛中,那是师范学校的伙伴们。

"你们都钓到鱼了吗?"我问他们。

"哎呀,全部都上当受骗了!"其中一个人回答。

"怎么样,你的战果如何?"

"虽说这里有五条鱼上了钩,但我最后还是被骗了!"

"是啊,是啊,花了两个小时钓鱼,还是要好好想一想如何跟大家伙儿交代啊!"

他一边跟我说着话,一边又跟同伴说着些什么。

我同这三个师范学校的伙伴一道朝中棚温泉的方向走去。温泉水温很高,冒着白烟。我全身浸在矿泉中,从温泉池向远方眺望,眼前的美景和周身的舒爽,让人心情愉悦,妙不可言。泡过温泉后,大家继续喝着茶谈天说地,一时间沉浸在学生们的高谈阔论里。从苹果林里、葡萄架下徐徐吹来的凉爽宜人的微风,更是给我们的温泉之旅平添了很多风味。

"人上了年纪是不是就不爱吃甜食了?"突然有人发出了这样的疑问,于是大家围绕着食欲问题展开了讨论。

"我啊，曾经干过这样的事，把《十八史略》①都卖了，就为去还点心店的赊账。"

"点心味道还行呢，不过很费钱啊！"

"是啊，我可是忍住两年不吃点心的。"

"啊，那太了不起了。两年，我可忍不住。我们这些人啊，一周大概得买三次点心。"

"但是，话说回来，我告诉你啊，到了第三年，无论如何我都忍不住了。"

"最近这段时间，有位老师不是这样说过吗——听说你们这些孩子经常去点心店，虽说我从来不去那些地方，但是，你们哪天带我也去一趟吧。"

"哈哈哈！"

"说到底，你们大家都是非常喜欢点心的！那个老师问，一次大概要花费多少钱呢？学生回答说，大概会买十分钱或二十分钱的点心。老师说，太厉害了，可是吃那么多点心会伤到胃呀。于是对方回答，当然也有人回到学校之后，就不吃晚饭了。"

"是啊，是啊。各式各样的都有。听说有的男的吃了点心之后还要吃胃散一类助消化的药呢。"

---

① 《十八史略》：元朝曾先之的作品。其基本内容是按朝代、时间顺序，以帝王为中心叙述上古至南宋末年的史事。《十八史略》在足利时代传入日本，此时已跻身著名史籍之列，与《史记》《汉书》《贞观政要》《资治通鉴》等一道在宫廷、幕府内被正式讲读。到了汉学兴盛的德川幕府时期，《十八史略》被各藩官学采用为教科书，影响渐大。至清嘉庆、道光年间，在国内几被遗忘的《十八史略》却在日本掀起了声势浩大的"史略"文化热潮。

三个人就这样闲聊着，无论怎样都是一派心情舒畅、悠闲自在的氛围。兴之所至，还有人拍起手，跳起了舞，说说笑笑好不热闹。听着他们的闲谈，我也觉得甚是好笑。

　　最后，我和他们话别。他们三个人吹着口哨一起回投宿的旅店去了。

　　离开温泉，顺着石墙向坡道上走，远远地就能看到校长家别墅的大门。别墅名叫水明楼。这处建筑本是校长的书斋，听说从前是士族官邸的遗址，校长买到后就搬迁过来了。这处优雅闲静的小楼，依山而建，是远眺风景的绝妙之处。

　　校长是我在公立学校上学时的英文教师。那时他正值壮年，为我们讲授了华盛顿·欧文的《瑞普·凡·温克尔》。他现在就隐居在这处世外桃源，种种花草，泡泡温泉，颐养天年，已然是一位白发老翁了。有时听老师开玩笑，我就想，他自己不就是瑞普·凡·温克尔吗？但是，老师当年的雄心和风采并没有被岁月消磨殆尽。每当有人来访，他仍然是意气风发地谈笑风生。

　　每次来到水明楼，欣赏老师整理好的书斋都令我无比愉快。当然不仅仅是这些，能够在小楼之上凭栏远眺千曲川的滔滔流水，欣赏河流的绰约风姿也令我流连忘返。千曲川对岸升起袅袅炊烟的地方就是大久保村。别墅下面有一座吊桥，那就是我回程要经过的小桥。顺着河流的方向，你会听到早晨的鸡鸣，会看到晚上附近村落人家的点点灯光，这些都让我浮想联翩。

小橡树的树荫

小橡树的树荫,那是在鹿岛神社的院落里。学校放学后我经常去树荫下走一走。

一天,我跨过铁路道口,径直朝绿草茵茵的小路走去。一棵有年头的橡树上拴着一头小牛,它的角短短的,眼睛里透着可爱的神情,拴在它脖子上的长绳拖到了地面。当我呆立在那里凝神看它时,小牛开始一圈又一圈地绕着橡树打转。那绳子被小牛牵引着胡乱缠到了树干上,一直到小牛自己也被绳子紧紧地牵拉着走不动为止。

不远处的草丛里,一匹红马和一匹白马被拴在一起。

第五部分

山中温泉

忽然，下起了一阵夏秋交替之际常见的短时雨，既不像是夏日午后或傍晚的骤雨，也不像是秋冬之交时下时停的小雨。雨水落在草木之上的声响，远没有雷阵雨来得那么强烈。不多久，附近的老婆婆们就会来到市场上，贩卖自己采撷的青头菌。青头菌被装在篮子里，有的颜色像桦树叶一般，有的则呈现铜锈色。

大概一个月之前，我去过一次田泽温泉。我忘记将那段行程告诉你了。

温泉嘛，总是各式各样的。但是山中温泉却有别样的情趣。靠近上田町的别所温泉得到了开发利用，各种提供方便的设施也随之而来。但是，能够让人感觉到独具山中特色的，倒是那些交通还不是很方便的田泽和灵泉寺一带的温泉。那里真是值得好好地玩味和欣赏一番。虽说那一带类似的温泉旅馆并不少，但无论怎样，那都是当地人心驰神往的所在，他们甚至会不辞辛劳地自带大酱和大米前去。也就是说，有很多的温泉爱好者用自给自足的方式去泡温泉。旅馆只提供租借房屋服务，屋里带着炉灶。泡温泉的游客可以穿着木屐从庭院直接登上楼梯，到达二楼的房间。一看见这种可以穿着鞋自由上下楼梯的房子，你就会想，这里确实是深山里的温泉旅馆啊。你到鹿泽温泉（山之汤）看一看，会发现那才是富有田园风情的地方。

这里的大山，一半被绿叶遮掩，一半露出了红色的悬崖。千曲川紧贴着大山的走势，日夜奔流不息。我盯着左边那滔滔河水，不觉间乘坐的火车已到了上田站。上田桥是一座涂着红漆的铁桥，走过大桥时，犹如大江大河一般的千曲川竟完全尽收眼底。上田附近的平原地带散落着若干村落，我决定漫步其间，走走看看。这一带果然更有一种乡下田园的风情。一路上绿树成荫，还有可以歇歇脚的质朴茶屋。

在一个叫作青木村的地方，我看到了一些农夫们正在辛苦劳作。他们背上插着树叶，这样既可以遮阳，也不影响他们田间除草的劳作。天气异常炎热，已经热到了我们一行人不打遮阳伞就寸步难行的程度。穿过这些村落，你会发现，千曲川的水稍稍变白，有些浑浊。顺流而行，渐渐走到了深谷中的坡道上。这时，我们已经来到了挂着下面这个指示牌的地方。

```
汤
            宫原
本[1]
```

---

[1] 汤本：指温泉涌出的地方。

这是一处叫作升屋的温泉旅馆，景致非常棒，很适合极目远眺。旅馆二楼，可以听到温泉流淌的声音。在这里，偶遇了我们学校的校长夫人。她是带着十四五个女学生一起来的。这些女孩子也是我余暇时间教过的。

在旅馆楼上，可以望见远处浅间山一带的风光。夫人对我说，她还担心看不到浅间山了呢。

十九日那夜的月光洒满了整个山谷。正当人们纷纷进入梦乡之时，透过被灯火照亮的纸拉窗，仍能听到温泉游客们高谈阔论的声音。

"我虽然身材矮小，但也不是粗鄙的人。"

听起来像是一群满口诡辩之词的人在争论。

第二天，朝阳照耀着晨雾笼罩的溪谷，近在眼前的大山竟也显得越来越远。家家户户炊烟袅袅，烟雾比起晨雾显得更白一些。远处的浅间山已经完全看不见了，山那边徒留一片青灰色的光影，只能远眺到白云紧贴在山脉之间浮动。一个名叫小国的可爱少年跟着姐姐来到这里，正在温泉旅馆的二楼吹奏银色的玩具竖笛。

这里是夹在保福寺山头和地藏山头之间的峡谷。二十日的月亮比起前一日，升起得又迟了些。温泉的流水声响彻枕边，让我怎么也无法入睡，索性起身，开始欣赏这里的月夜。凭栏静听，虫鸣声和流水声相映成趣，融合在一起，传遍了山谷中的每一处角落。而除此之外，在暗不见底的山谷之中，还有着各种各样说不清的声响。——夜深了，关门闭户的声音；深夜里人们的交谈声；犬吠之声；还有农夫愉快的歌声。

第四天早晨，天还未明，我们已经趁着月色打点好了行装。在黎明逐渐到来时，一行人顺着山道，朝向别处出发了。

校园生活

其一

暑假结束了。在学校里,我又可以经常见到理学士、B君,还有植物老师。

秋季学期开始了,樱树的叶子仍然繁茂,层层叠叠地重合在一起。在教室靠近窗户的那一侧,我同高年级学生谈起了释迦牟尼。

我选取了一本名为《释迦谱》[①]的书。在这本书里,这位古印度迦毗罗卫国净饭王太子的一生,被描写得颇像一出戏剧。我借用书中释迦牟尼父王的故事,还有这位王子的年轻朋友的故事,为学生们讲解。当讲到青年王子陷入忧愁苦闷之中,开

---

① 《释迦谱》:共五卷,由南朝齐梁僧祐编撰,为现存中国所撰佛传中最古的一种。

始从东西南北四个城门朝着树林方向出走这一段时，我发现学生们好像也被感动了。出了第一个城门，他遇见了病人。于是王子深思，难道人必须生病吗？走出第二个城门，遇到了老人和死者。人不得不老去吗？人终究必有一死吗？王子将这些人生中遇到的疑问，进行了最朴素的概括。最后一个城门外，他遇到了一位修行者。于是，王子下定决心，要破解生活中的这些难题，便抛却一切，毅然走上出家修行之路。

难道这不是戏剧性的结局吗？不是一个少年的头脑里凭空生出来的有趣想法吗？当我将这些问题放在学生们面前时，他们中的大多数人立志以后成为一个实业家，或是成为一名军人。但是我对学生们讲，希望有的孩子能像这位王子一样，抛却所有的一切，作为僧人度过自己的一生。

我看着我的学生。学生们面面相觑，解读着我话中的含义，然后大家看着彼此，都笑了起来。其中，也有孩子神色微妙，抱着自己的头若有所思。

其二

迄今为止，我都未注意到原来树木在一年之中竟要发三次新芽。现在，正是九月发芽的时候。

我们学校的校舍周围栽种着很多树木。硕大的樱花果实成熟的时候，甚至还让我想起自己的青年时代。就这样，暑假结束后，我再一次来到庭院里，不知不觉间，发白的苹果树叶子、泛红的樱树叶子，还有淡淡的梧桐树影，已经错落地映现在校舍的白墙之上，形成了有趣的明暗交错。学生们愉快地吹着口哨，此起彼伏，好不热闹。自从把网球场移到城门之后，人们更多的时候就在樱树的树荫里进行相扑比赛。

　　学校的工作结束后，我去拜访了 B 君。他从夏天开始就一直病着。穿过他家房舍，走下一段石级，就会看到一大片苹果园。那里已然是一派初秋的景象了。

乡村教师

学校的理学士非常喜爱牵牛花,每年他都会栽种很多。有一天,从学校回家途中,他跟我谈起了一位新弟子的事。

新弟子是跟着他栽种牵牛花的。那人是住在城里的牧师,学校里有些孩子总是亲切地称呼他:"学校的星期天叔叔。"

那还是这位牧师跟随理学士学种牵牛花不久的时候,他每天都对牵牛花田心驰神往,心总是飞向牵牛花那贝壳形的绿叶,飞向那被狂风大雨摧残的牵牛花。有一次,他正忙着传教,突然下起了一阵雷阵雨。于是他就在课后冒着大雨,匆匆忙忙朝牵牛花棚飞奔过去。

"无论如何,这难道不像是一个乡下的牧师吗?"理学士说起这位新弟子的故事,笑了。实际上,这位老师自己也是一位极喜爱牵牛花之人。有一次,他去慰问遭受火灾的人,还讲起了栽种牵牛花的事。

九月的田间小路

沿着一段大斜坡,我来到了一处能望见赤坂(小诸城的一部分)的地方。赤坂那边的房舍鳞次栉比,今天,我就朝着那个方向出发,准备欣赏一番沿途的景致。

现在,这座深藏在浅间山麓中的小镇刚刚从睡梦中苏醒过来,不觉间,晨炊的炊烟在潮湿的空气中慢慢升腾起来,小镇上的鸡鸣声此起彼伏。

成熟了的稻田周围,大豆荚沉甸甸的,已然低垂。稻穗最下面的叶子有的已经变黄。九月已过去了大半,稻穗长势各异,有的呈现出淡淡的麦穗色,有的还完全是草绿色,还有的红色稻穗垂得很低很低,那其中呈现出浓厚茶褐色的是糯米稻田。这些我都是能分得清的。

朝日的霞光铺满了整个山谷。

田间小道的露水打湿了我的鞋袜,痒痒的。我在小道间来回踱步,还能听见蟋蟀"唧唧唧"的鸣叫声。

这段时间，浅间山有时一天竟有八次喷发。

"啊——浅间山那边又烧起来了！"当地人已经习惯这样的说法。男女老少都停下了手头的活计，或跑到屋外张望，或抬头仰望天空。但无论怎样，他们一定都在关注浅间山方向出现的巨大烟团。这个时候，人不由得真切感受到自己的确是生活在火山脚下啊。而已经在这里生活习惯的人们，通常平日里早已忘却了火山的存在。

浅间山实际上是在一次大喷发之后造成的山体垮塌形成的。如今叫作"牙齿山"的，就是曾经的火山喷发口的遗迹，人们恐怕无法想象得到吧。那些到此一游，认为山的形状一成不变的游人，知道了这些山的前世今生，恐怕失望至极。不仅浅间山无趣，远眺蓼科山脉的方向，也尽是些毫无新奇之处的大山。然而，山中的空气是妙趣横生的。昨天我出门看到的山，与我今日再看到的，几乎没有完全一样的，因为大山的风景几乎每天都在发生着变化。

山中生活

在理学士居住的房舍附近，看得见一座巨大的酱油藏[①]。它位于整个荒町后面，是醋店的小 K 姑娘家的产业。酱油藏旁边就是通往荒町的大道，路边错落排列着榻榻米草席店、木松鱼店、茶店，还有卖各种杂货的小店等。另外，还有家颇具规模的铁匠铺。在那高大阴暗的屋檐下，一位挽着古朴风格发髻的老大爷正在用大铁锤奋力敲打，叮叮当当的打铁声此起彼伏。

这位打扮老派的老大爷正是我们学校体操老师的父亲。

又是太阳火辣的一天，趁着早晨清凉的风，我带着两个学生和体操老师一起，穿过那家铁匠铺的后门，朝着浅间山的半山腰出发了。

虽说我们现在也算是住在山里的人家了，但是，接下来要去的所在才是真正的大山深处呢，那里才是深山里的人们世代

[①] 酱油藏：酿造酱油的地方。"藏"相当于"坊"。

居住的地方。

　　我们一行人沿着山丘的小道前行。道两边绵延种着栗子、红小豆，还有可以用作马饲料的稗草。所到之处还能看见顶着白色花朵，茎秆已经发红的荞麦。现在秋意正浓，一派丰收的景象。体操老师是一位深谙耕作之事的人，他指着各处的农田让我看，说那边低垂着硕大紫红色叶子的叫作"渡口栗子"，这边垂着细长青黑色豆荚的作物就是"伉俪红小豆"。多亏了他，我学到了很多农作物知识。这位体操老师只要看一眼田地，就能辨识出其中栽种的作物是什么。

　　我们眼前出现了一尊神像，它背靠着长有五六棵松树的小山冈，这就是"悄悄话道祖神"[①]。

　　接下来，我们朝一个叫作寺洼的地方前进。那是一个非常偏僻的小山村。农家房舍通常五六户聚集在一起，散落在大山里。我刚想起来还没同你讲述关于黑斑山的情况呢，实际上那就是这浅间山脉绵延下去的部分。你看，从小诸城址上的那个天主台——也就是从那块大石头之上的松树间隙中望出去，大片山林看起来犹如黑色斑点一样长在斜坡上，那就是我们一路前行的地方。从天主台到黑斑山麓，远远地能望见一面白色崖壁，白色崖壁那个点状物就是这个小山村了。

　　路上，我们遇到了一位背着盐草袋子弯腰前行的农夫。体操老师上前搭讪道："您这是准备要腌制咸菜了吗？"

---

　　① 道祖神：日本村庄的守护神，通常立在村边道旁。道祖神源自中国的"行路神"，据说可防止恶魔瘟神进村，是一种男女合体神，由阴阳石刻成男女合体形象。

"现在开始做咸菜,最划算了。能打八折呢。"

看来,与恶劣气候作斗争的人们,从现在开始考虑的是要储存蔬菜了。

得益于前天夜里降下的凉爽雨水,还有昨天的晴好天气,这个时候应该能采到蘑菇吧。体操教师说着他的经验,我和学生们紧随他的脚步,一起朝着松树林深处走去。这片松林是体操老师非常熟悉的地盘。在铺满了枯松叶的地方,我们找到了几个黄色的口蘑和牛额①。然后,我们穿过竹叶的间隙,走进了一片被称为"部分木"的山林。

我们已经来到了松林的最深处。在这里遇到了几个青年男女,他们是一家人,正忙着将松枝砍下,打捆成束。女人看起来像是二十岁左右的年轻妻子,头上戴着一块脏脏的毛巾,单和服里没有内衬,后襟掖在腰间,系着围裙,脚踩草鞋。她那饱经风吹日晒的粗糙脸庞,还有乱蓬蓬有些泛红的头发,竟让人一时间分辨不清是男是女。无论怎么看,都像是从米勒②的农民画中走出来的人物。

另外三四个人看起来像女人的弟弟们。每个男孩子脸上都挂着黑色的脏东西,头发好似魁蒿一般。但是,他们个个身形健硕,一边干活,一边哼唱着童谣,那声音天真无邪、清澈动人。

这时,一位看起来像是他们母亲的妇人从树林深处朝这边走过来。那一家人停下了手里的活计,好奇地朝我们张望。

---

① 牛额:蓼科植物,有药用价值。

② 米勒:让-弗朗索瓦·米勒(Jean-Francois Millet,1814—1875),法国现实主义画家。

这家人劳作的这片松林旁就是连绵不断的小山冈。我们几人顺着山冈一路往上走,渐渐走入一片地势平坦的松林之中。一个男人背着一大捆柴草,正沿着林间的羊肠小路往回走。阳光透过树枝的缝隙洒进来,照在被露水打湿的草叶上,露珠晶莹,熠熠生辉。深山密林中,那个背着柴草的男人,看起来竟像是水里潜行的鱼儿。

　　满载着柴草的马车在林中穿行,发出嘎啦嘎啦的声响。那声音响彻山林,久久回荡。

　　拨开大叶竹和杂树林,我们一直在找寻着蘑菇的踪影,怎奈那一天的收获实在是寥寥无几。用镰刀将枯树叶清除干净,偶尔显露的是完全无法食用的红蘑菇,或者是一些已经腐烂了的初蕈菌。为采蘑菇忙活了大半天,最后大家累得腰都不听使唤了。提着轻飘飘的小篮子,我们朝着开满南瓜花的田地走去,远远地望见了护林员的小木屋。

护林员

护林员的小木屋就坐落在黑斑山的山麓，一处叫作"尾之石"的地方。

马厩上贴着三峰神社的防盗符，正房门前堆放着从山上砍下来的干燥胡枝子。一行人来到这里，我看到阳光照耀下的土墙时，才深感这里的确是远离村庄的地方。

一条眼神警觉的红色大狗突然飞跳到我们跟前，冲着大家狂吠不止。可以想见，这条大狗一定是护林员养的，看起来很是忠于职守。

小木屋中的护林员走出来迎接我们，不停地抚摸着大红狗的头安抚它。这位护林员蓄着胡须，看起来是负责养护整片山林的人。他的夫人系着束和服长袖的带子，正在切削着大山里种出来的南瓜。

他们的四个孩子纷纷跑到院子里。最大的看起来十四五岁的样子。头发黝黑的女孩子腰系细带，脚穿草鞋。年幼的孩子看到我们这些人，不由得面露害羞的表情。另一边，一只长着漂亮红色鸡冠的雪白大公鸡，带着三只灰色羽毛的母鸡，正悠闲地走来走去。不一会儿，它们就消失在木屋后面的竹林中。

小木屋分成两部分。铺着榻榻米的地方被用作客厅，而平日里这里更多的是被当作全家人的寝室。火炉边的地板上铺着带边的薄席子，耕作的用具啦，吃饭的锅碗瓢盆啦，都摆放在周围。这里既是一家人吃饭喝茶的地方，也是迎来送往的所在。黑色烟熏的墙壁上没有任何装饰，却挂着上了色的石版画，还有木版印刷的日历。看着眼前这家人质朴的生活痕迹，我想，即使这么粗糙的版画也能为住在这大山深处的人们带来些许愉悦欢乐和生活的情趣。在年终岁尾的集市上，附近十里八村赶到镇上采买东西的人想要买这样的版画，我觉得也不是没有道理。

我们几个人顺势坐到炉边歇脚。护林员的夫人为我们端来了甜醋薤和茶水。在这个山中小木屋里喝到的茶水，对于已经口渴难耐的我们来说真是香甜可口，无比美味。听护林员讲，一旦到了冬天，这个炉火一刻都不会熄灭。护林员一家生活的这个地方，气候风土也与别处不同。

与我们同行的学生转到小木屋后面，边走边看。主人向他介绍了很多常识，比如这里也有柿子树，结出的果实单宁含量却很低，种植的梅子，味道也是苦涩的，似乎只有桃子适合这里的土质，等等。

不知不觉间，已经到了吃中饭的时候。

在木屋前的庭院里，一棵栗子树的树荫下，大家将主人在屋中切分好的蘑菇拿过来烤。主人还为我们在树下铺好三块薄席，于是，树下午餐就这样开始了。夫人还分别招待我们尝了她亲手烹制的鸡肉、茄子露和煮南瓜，每样菜都是盛了满满一锅。我们大家纷纷自己动手盛到碗里来吃。学生将随身带来的饭团和面包拿了出来，体操老师也没有忘记拿出事先准备好的酒。

他们也曾试着在山中栽种苹果树，可是，一旦生了荸荠虫，就把苹果花蜜全都吸光了，根本无法坐果。夫人一边照料我们吃饭一边对我们讲着。大红狗在我们身边绕来绕去，兴奋地接住学生抛给它的鸡骨头。

午餐过后，我们在主人的导引下来到一处黑土田。听他讲，这片松林对面有将近三千坪的桑田，旱田至少是那块桑田的三倍大，大概有一万坪。到了自己这一代人，由于家里子嗣不多，所以难免有些田地无法照料到，全都变成了荒地。

我们的到访，对主人来说似乎是非常令他高兴的事，他为我们讲述了各种各样的见闻，这讲话的兴致似乎与他那满脸乱蓬蓬的胡须并不相称。今年的荞麦收成有十袋；全家人试种了银杏、杉树还有竹子，但是大半都枯萎了；这些年，种了大概十三袋栗子种，一共遭受了十四次火灾，剩下的长到五六间高，情况还不错，可是一次次火灾后剩下的栗子树真是太少了。

我们还看到了落叶松的育苗田。树苗像青草地般鲜嫩无比，在日光的照射下发出美丽的光泽。田地周围出产很多荸荠，黄色的成熟果实，即便隐藏在草丛里也能一眼看到。可是，由于太常见了，荸荠果实对我们来说并没有什么稀罕的。

主人还回忆了山火发生时的恐怖和在火灾中逝去的人们。

从这里再往山上走大概八里路，我们发现了一处烧炭的木屋。主人告诉我们，现在正是烧制栎树炭的时节。

护林员木屋所在的尾之石，就在被称为高峰的那座山上。从尾之石到菱野温泉路程大概有十町①，所以，每天都可以享受泡温泉的乐趣。一听到他说出菱野这个地名，我就想起过去曾来我家帮助照看孩子的那位姑娘，就来自这个叫作菱野的小山村。

托熟知当地风土的体操老师的福，我们看到了景色如此秀丽的地方，所到之处并不是我平常所能到达的地方。曾经有一次，我和历史老师结伴，也在某个护林员的小木屋里留宿过，那是比现在这个护林员小木屋的位置更高一些的地方。

那里还处于开垦之初，所以没有像这一次这样，如此深入到大山之中。

和护林员一家告别，离开尾之石之前，一行人再次回首观望。在有白桦树的杂木林中，通往木屋的细长坡道上，能够远远望见山冈上的树木，还有小木屋的屋顶。

不管在哪里的树林里，白桦树的树干都最能吸引眼球。山樱树四周环绕着的叶子中，已经混杂有美丽的黄叶。

---

① 町：日本古时长度单位。一町大约109米。

第六部分

秋天的修学旅行

十月初,我和植物老师 T 君一起带领学生,徒步朝千曲川的上游出发。沐浴着秋日的和煦阳光,我们继续着愉快的旅行。这次修学旅行,我们打算从八岳山山麓出发,经过甲州,到达甲府,中途顺便游览诹访。在那里,我们一行人与早就等待着的理学士和水彩画家 B 君,以及学校其他同僚汇合,大家伙儿共同从和田方向返回小诸城。

整个旅行大约花费了一周,我们围绕蓼科和八岳山的绵延山脉走了好大的一圈。

这一趟旅行所经之处,有我曾经游览过的地方,那就是从千曲川上游一直到野边山一带的原野,当时同我一起出游的是附近裁缝店的老板。今秋的这次修学旅行,更新了我以前的旅行记忆。接下来,我希望将所见所感讲与你听。

甲州公路

从小诸城出发，往岩村田町方向走，就会看到一直朝南边延伸的甲州公路。它所在之处地势较为平坦，在一大片连绵起伏的山谷中穿行而过。黄叶带来了秋日的气息，一派秋景的南佐久就这样在我们的眼前铺展开来。山谷间多是沃土良田，千曲川就在那大山峡谷之间奔流不息。

在汇入犀川之前，千曲川里几乎看不到船的踪影，唯有河水一刻不停地奔腾向前。仅凭这一点，你大概能够想象出这条河的属性和风景了吧？

刚刚我为你讲述的是站在从佐久、小县那又高又陡的大斜坡上，俯视谷底的千曲川，那是一种怎样的感受。现在我们经过的这个地方，拥有与千曲川流域完全不同的风光与情趣。穿过臼田和野泽大大小小的镇子，我们径直来到河流沿岸地带。

我们沿着河岸前行，一直来到了名叫马流的地方。再次回首千曲川的上游，你会发现河水的走势和情形发生了翻天覆地的改变。河岸边，隐隐埋伏着从上游冲下来的令人生畏的巨大石块。因此，流经这些巨石间的千曲川倒不如说犹如一条巨大的溪流，因为它完全失去了大江大河那般磅礴的气势。有一间名为甲州屋的茶馆依溪而建，走进茶馆，我觉得似乎距离甲州更近了。这里的茶客，有翻山越岭往来于甲州的商贾。

我们来到马流附近，学生T君赶来与我们汇合。T君家是宫司[①]，住在幽静的松原湖畔旁。那里距离甲州公路稍微有些远了，所以T君一直在这里等着我们。

白杨、芦苇、枫树、白桦，还有橡树，在我们一路前行的河岸边，这些树木长势繁茂。千曲川的两岸，坐落着南牧、北牧、相木等数个村庄。在这里，你还能看到很多小小的水车磨坊临水而建。连绵的八岳山脉仍然留有赤红色的山体崩塌的痕迹。金峰、国师、甲武信、三国等山那高耸入云的山巅，和远远近近大大小小不知名的山峦错落重合在一起的风姿，尽收眼底。

太阳西斜。渐渐地，我感到好像走进了更深的山谷之中。

有时我和T君两个人站立不动，目送着上游的水流向下游的方向，渐行渐远。从那个方向看去，山峦折射的夕阳光芒让大山中弥漫着深秋的气息。你还能望见远处已然升腾起袅袅炊烟。

山谷的尽头就是海口村了，不时能够听见流水的声响。天渐渐黑下来的时候，我们一行人走进了那个村落。

---

① 宫司：通常指日本神社中掌管祭祀的职位或神社的最高神官。

山村一夜

我曾经在讲有关山国的故事中提到过：

中法战争后，我国陆军部购进了一批法兰西骑兵用过的军马，并以海运的方式运到了国内，其中有十三匹马被当作种马移送到了信州。也就是在那个时候，高大雄健的阿尔及利亚马出现在了南佐久腹地。时至今日，被简单统称为杂种的马匹，实际上专指阿尔及利亚马。后来，名声大噪的原产于美国的浅间马也杂交到了这一品种的马匹之中。再往后，马匹改良方兴未艾，野边山原野一带的马市应运而生，逐渐蓬勃发展起来。这个消息不胫而走，竟然传到了某宫殿下的耳边。那位殿下是陆军骑兵的大佐，毫无疑问，也是一位爱马之人。殿下将自己最喜爱的阿拉伯产夫拉里斯马作为种马送到了南佐久，可是并没有得到当地人的关注和重视。当年将夫拉里斯马进行了育种繁殖，竟多达三十四匹。可想而知那位殿下的喜悦之情。最后，他亲自巡幸了野边山原野一带。

我曾经受到裁缝店老板的邀请，在八岳山麓的小村子留宿一夜，恰逢那位殿下巡幸此地。

寂静的山村之夜。为了躲避河水泛滥而移居到高原之麓的人家，就像我们在木曾路等地常见的那样，为防风雪将石头压放在木制房顶上。无论山冈上还是山谷里，到处都有点点灯火。繁星闪烁的夜晚，我站在粗陋的旅舍二楼，透过微弱的光亮，得以再次欣赏这个重游旧地。

这一带是名副其实的产马圣地，几乎找不到一户没有养着一两匹马的人家，马匹就是当地人最重要的财富。同时，这里民风极淳朴，年轻的姑娘一个人骑着马赶夜路也完全不需要担心。

浴盆都架设在废水池上面，我们能够想象，这里的人们生活是何等艰辛。又或者，其实有必要将生活过得简单些。每次来到这里的所见所闻总是让我倍感震惊。从这里顺着千曲川逆流而上，还有一处叫作川上八村的地方。那里被称为信州交通最不方便，最贫瘠、最荒凉的深山坳之一。据说，在那里只有生了病的人才能吃白米饭。

听说我们到访，裁缝店老板的一位亲戚特地提着灯笼，到旅舍来看望我们。她是一位姑娘，曾离开这里到小诸城，长期在我们校长家当佣工。

如今，这位姑娘收了养子，也算是有孩子了。从山村走出去，到别人家里当佣人的这些人，他们一生的故事牵动着我的心。

你一定没吃过一种叫作"哈利可喜"的食物吧？恐怕连名字都没有听说过吧？其实，就是一种在炉灰中烤制的荞麦饼。穿着草鞋在炉火旁一边暖身，一边吃着烤饼谈天说地，这就是山民们最愉快的炉边闲暇时光。

高原之上

第二天一早，我们继续往野边山原野方向前行。我的脑海中突然浮现出过去的种种回忆。三十四匹夫拉里斯马驹，二百四十匹母马，连同公马加在一起共三百有余。它们排成一列通过，正是在通向这处原野的道路上。马市初具规模的时候修建了很多临时板房，四周围起了紫色和白色的幕布，四千余个商人汇聚到这里，他们通常散居各地。这些场景一幕幕片段式的浮现在我脑海之中。那时，我和裁缝店老板结伴，在秋日暖阳笼罩的原野散步。今日我看到的却是一位身材高大的参事官，他是陪同长野来的知事到达此地的。这位绅士轻轻地挥动着白皙的手，举止优雅温柔，走路的声音也轻柔无比。他的动作利落而敏捷，决不拖泥带水。恰巧当时我在看托尔斯泰的《安娜·卡列尼娜》，竟觉得眼前的这位官员，就是我想象中渥伦斯基的样子。他将背在身上的望远镜取出来，远远地眺望八岳山方向，观察着那里的牧场。他的一举一动——恕我失礼——

我幻想中的渥伦斯基就是那般模样的。

　　那时这片原野四处混乱，现在却寂静无声。早霜已经开始出现了，杂草中有了黄叶，或者呈现焦糖色，踩上去，脚下就会响起扑哧扑哧的声音。稀疏的白桦树沐浴在晨光里。我们一边欣赏着这般景致，一边朝板桥村出发了。这处高原的面积差不多有二十平方千米。荒凉的原野上有些地方种着荞麦，到处都能看到人们耕作的身影，四处散落着村庄农户。板桥村就是我们到访的第一个村子。

　　以前，关于这一带的村落和风景，我曾有这样的描述：

　　远眺万里晴空中飘浮着的高原云雾，多么美妙啊。刚刚还只能望见一点山麓地带的八岳山，逐渐显露出险峻的山峰。就在即将看到带着红色光晕的山巅之时，云影恰好飘过，遮挡住了绝妙的风景。人们永远无从知晓，横跨甲州一带的山脉，到底能变换出多少种色彩。一会儿是紫中带黄，过一会儿，是灰中带黄了。夫妇二人出门，这一时还是太阳当空，那一时，抬头看天，说不定就是棉絮状的云朵布满天空。可是过不了多久，又是晴空一片。啊，这就是大山中的早晨。

　　男山、金峰山、女山、甲武信岳等山峰也都毫无遮挡地英姿尽显。远远地在山谷间川流不息的是千曲川的源头，隐约可见河流上游的农户村落。清晨的阳光洒满大地，千曲川上泛起了耀眼的白光。

　　刚才提到的那对夫妇，是我想在故事中写的人物。同时，正好也是我喜欢的题材。

一群农夫，穿着圆筒袖的和服，搭配紧腿裤，脚蹬草鞋，用布手巾包住头和双颊，从这对夫妇身旁经过。男人扛着铁锹，挑着粪桶，扭摆着腰身。也有把爷爷的烟袋挂在腰上，跟在大人身后的孩子。与复杂多变的气候、布满杂草的荒野和贫瘠土地为伴，人们已经开始了秋日里新一天的辛苦劳作。

有的农夫已经在田里忙碌了。当我们经过一片黑黝黝的火山灰田时，一个汗流浃背的粗壮男人，正专心致志地翻整着农田。他用锄头刨着土，身子歪斜着，几乎摔倒在地才能费力地掀起一块硬土来。黑土散发着臭味，几乎让人窒息，粉尘飞扬，刺鼻又难闻……离开板桥村，我们又巧遇了一群旅行者。

现在高原上已经入秋，放眼望去，到处都是树木。树枝都朝南伸展，可以想象到冬季的朔风多么强劲。白桦树叶几乎已经落尽，光秃秃的枝干直指高空，细叶的柳树像是蹲伏着一般隐藏在低矮处。狂风呼啸而过，送来了秋日的风景。草地泛起了黄色的波浪，草叶随风摇曳，连柏树的叶子都被吹得不断翻卷。

深山之中，大石头随处可见，赫然裸露于秋日阳光之中，让人莫名生出荒凉和寂寞之感。

这里，牛尾草的叶子已经蔫得耷拉下来，而弘法菜却坚强地开着花。

这里，燕子花的果实早已崩落到地上。

这里还是很多野山鸡的藏身之所。在竹叶阴凉处筑巢的云雀已经年老，失去了早春时节的生气。鹌鹑因为人路过，不时从草丛中扑腾腾地飞起。它们的形象并不好看，刚展开短小的翅膀，想要飞向高空，不成想啪啦一声，又掉回草丛，不见了身影。

树林最外围的树木早已枯黄，但仍有绿藤藏于其中。流水已经将答案告诉旅人，因为杂木林繁茂，靠近山泉的树枝低垂入水，深入水中的植物根系非常发达。

村里的农夫即使秋天也不得不下田干活，这一带放马的人越来越少了。八岳山脉的南麓居住着山梨的农夫，一到冬季，牧草匮乏，所以他们往往将马匹牵到这里来放牧，同时收割牧草备用……

以上这些，都是我从旧道经过时所见。最有趣的也是这条旧道。

我也曾选择走新道，回程时从原野穿过。还曾遇到过住在山梨那边的农民，他们牵着驮着牧草的马匹急匆匆朝着家的方向前行，一边吃着便当一边赶路。一打听才知晓，原来他们一趟往返就要走一百三十多里山路，其间还要不停收割牧草。一大早，天还未明之时就出了山梨，这一路连坐下来歇歇脚吃口饭的时间都没有。边牵马边吃饭——我想，实际上这就是忙碌生活的写照。

我与同行的T君聊着旧闻趣事，选择旧道往前走。自从离开那个只有三户人家的小村子，就再也见不到人烟了。

这处高原适合做牧场，最重要的原因就是牧草长得多而好。现在很少见马匹了，但是在丘陵起伏的山间，远远还能望见游牧者的马群。

　　白桦树的落叶早已铺满山林，脚踩在枯叶衰草上，发出沙沙的声音，橡树叶也被风吹得哗啦作响，提醒我这是在寒风和烈日中的高原之旅。

　　马粪鹰正从八岳山的高空上掠过，我们所到之处，四周尽是茶色的小橡树。这些树木与远处阴云密布的灰色天空重叠，让人感到仿佛置身沙漠之中。在一条羊肠小道旁，我们发现了一些紫色的小花，一问T君，才知晓原来是松虫草。这一带还留存着一些古战场的遗迹，当年海之口的领主与甲州的武士决一死战，这里据说正是领主战死之地。

　　接近甲州境时，我们发现了几株一人高的小梨树。叶子虽已落尽，还有些小小的红色果实残留枝头。踏草而行，我们采撷了些果实尝了尝，酸涩无比。但是，也有些被霜打过的果实，竟入口即化。没过多久，我们来到了八岳山一侧，这里正对着的就是甲州。一行人站立的地方是树木稀少的陡峭大斜坡和深不见底的悬崖溪谷。

　　"啊，富士山！"

　　学生们欢呼雀跃，从这段险峻的陡坡向着甲州方向走下去。

第七部分

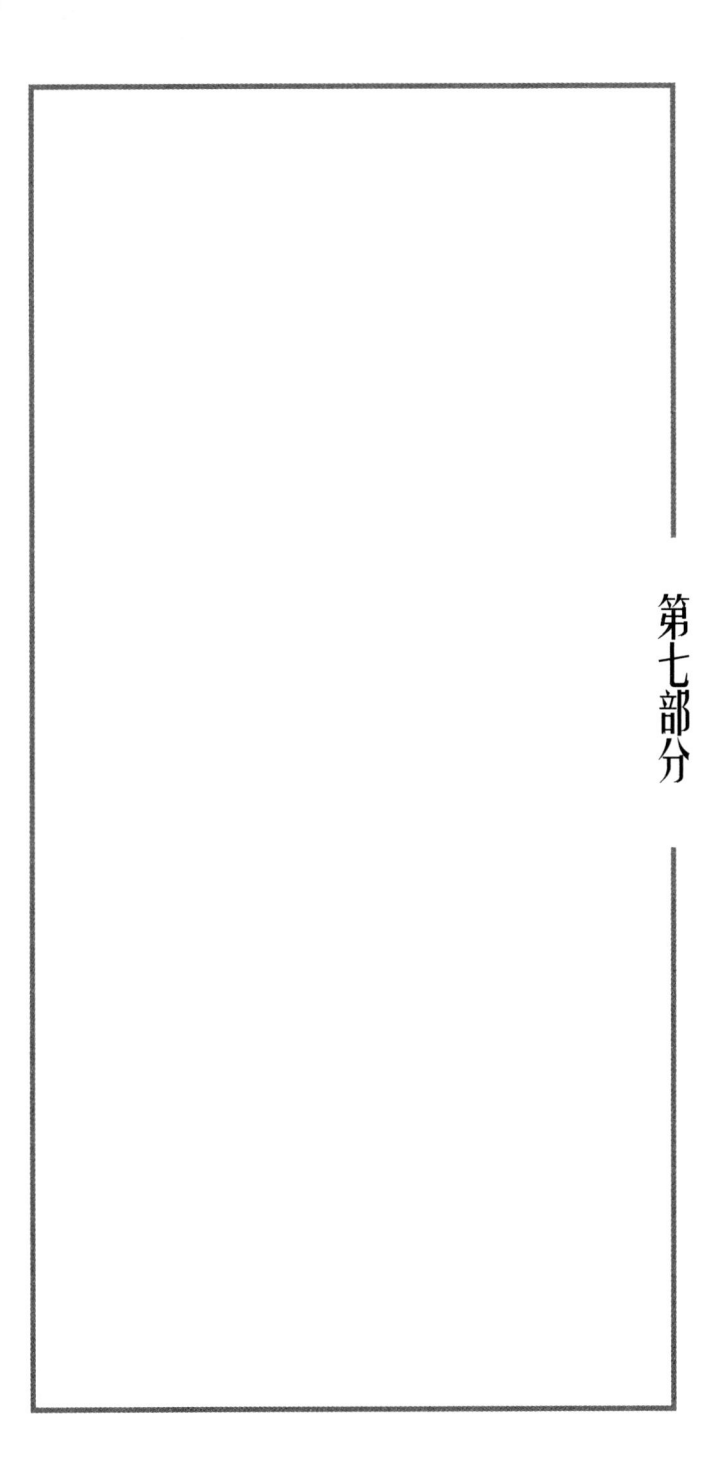

落　叶

其一

每年十月二十日都有初次霜降。武藏野一带，多是杂木林和平坦的耕地。入冬时节，只有到了那里，你才能见到浅浅的初霜。对于这些生活在都市里的你已经司空见惯了，但我还是希望你能来这高山之上，感受一下这里的霜雪。我已经看过三四次桑田的寒霜了，桑叶因霜降而抽缩在一起，像是烧焦了一般，田里的土也乱七八糟不成样子了……眼前的情景真是太可怕了。这寒霜就是冬天在昭示它的猛烈威力。不过，下雪反倒给人一种平和的感觉。

这是十月末一个清晨发生的事情。我走出后门，看见了有趣的一幕。一场深秋的寒雨过后，柿子叶被染成了黄色，叶子掉落地面的样子很是有趣。柿子叶肉质很厚，不像其他叶子，一场霜降就像是被烧过了似的不成样子，或是紧紧地卷缩在一起。早晨的阳光下，霜会融化，柿子叶不堪重负，脆弱地跌落在地。我在那里站了好一会儿，茫然地眺望着远方。我渐渐明白，早晨确实降下了霜雪。

其二

进入十一月，天气陡然变得寒冷。天长节①那天早晨，起床后就发现外面已经满地霜雪。桑田、蔬菜田，还有家家户户的房顶上皆是白茫茫一片。房子后门旁，柿子叶落了一地，竟将小路都遮住了。没有一丝风吹过，但见柿子叶不堪霜雪的重负，一片两片地静静掉落。房顶上，啾啾雀鸣，听起来却比往常更觉得空灵高远。

这是个阴霾天，又下了很重的雨雾，天空灰蒙蒙一片。我真想赶紧靠近火炉，把冻僵了的手伸过去烤火。虽然穿了厚袜子，脚趾头却不由得蜷缩在一起。我终于感到可怕的寒冬已经真切地临近了。从十一月直到来年的三月，山里人必须在严寒中忍耐。为了挨过这五个月的寒冷冬季，人们做好了各种过冬的准备。

其三

寒风骤起。

已经到了十一月中旬。一天早上，我被一阵排山倒海般的

---

① 天长节：日本天长节来源于中国唐朝，最初以唐玄宗生日为节，称为"千秋节"，天宝年间改称"天长节"。"天长"二字源于《老子》中"天长地久"一词。后流传到日本，指以天皇的生日为节。二战后废止天长节，改名为"天皇诞生日"，沿用至今。

声响惊醒，那竟是卷积天地的狂风在高空呼啸。偶而呼啸声小一些，我以为风的肆虐就此停歇，不承想又一阵风怒吼着横扫大地。无论是窗户还是拉门都被吹得嗡嗡叫，特别是透过朝南的拉窗，你能真切地听到树叶哗啦哗啦的响声中夹杂着远处千曲川奔流的声音。那声响听起来犹如在耳边，河流似乎也比平常离我们更近了。

推开拉窗，树叶乱舞着飘进来，晴空中偶尔有白云的身影。后院的小河边，杨柳枝在猛烈的寒风中凌乱不堪。一片枯萎的桑田里，茶褐色的霜叶在风中左右摇摆。

那一天，我去学校上班的路上，横穿车站前的马路时，遇到了一对男女。男的戴着棉帽子，用法兰绒布裹着头；女的则用毛巾围头，两手捂在袖口里。路上来来往往的行人，大多被冻得流着鼻涕，红着眼眶，或是流着眼泪。大家脸色苍白，唯有脸颊、耳朵和鼻子被冻得通红，一个个蜷缩着身体，耷拉着脑袋，在寒风中艰难前行。顺风而行的人几乎要被吹得飞起来，逆风而行的人又使尽全身力气，像是推着重物一般前行。

土地、岩石、人的皮肤，在我看来都是无尽的灰色，甚至连阳光都变成了灰黄的光晕。那日狂风肆虐山野的景象，如此凄凉、猛烈又雄壮。树枝被吹得弯折，树干摇晃不停，柳树、竹子之类的植物都被摧残得形如枯草，柿子树上残留的果实也被吹落掉地。梅树、李子树、樱树，还有银杏的霜叶，也都一夜间凋落。四处的落叶在狂风中时而飞上云霄，时而跌落谷底。转眼间，群山间的景色变得凄凉而明净了。

炉边闲话

接下来我要告诉你的是,在这山上挨过寒冬多么艰难。然而漫长的冬季又是信浓①当地最具特色、最有趣、最令人愉快的时期。这一点我也必须如实相告。

首先说说自己的身体情况。是这样的,当初我刚来到这里,不习惯当地水土,非常容易感冒生病,令我十分苦恼,甚至我怀疑自己能否忍耐这样的生活。实际上,人类的器官是聪明而发达的,它们能根据生活环境做出相应的调整,后来我的身体就发生了这样神奇的变化。渐渐地,我竟然能够抵抗严酷气候带给我的各种刺激了。相较于在东京居住时,我的皮肤变得厚实了,肺部也能抵御极寒天气,完全适应山里的极冷空气。不仅这些,我还有更多感受要告诉你。初春时节,每当朔风掠过,耳边就会响起枯叶未落的橡树林里传来的呼啸声。而当你远眺

---

① 信浓:俗称信州,即现在的长野县。

葱田，满眼都是霜降过后的银装素裹。我来到屋外来回踱步，总会不由得感叹："这感觉畅快又惬意啊！"如果不是住在这样的地方，又怎能知晓这山中严寒带给人的犹如针刺般的爽快之感呢？

就连这里的草木，也与温和气候中长出来的完全不同。多数常绿植物看起来不是单纯的绿色，而是更显浓重的黑色。这也好似在传达大自然的信息。看惯了武藏野周边绿色景致的你，望一望这里繁茂的红松林，就会发现两者颜色上的巨大差异，一定会大吃一惊。

某天早晨，我在大雾弥漫之中朝学校出发。那天的能见度之低，只能看得见五六町远处。一路上，我遇到忙着赶到农田里劳作的农夫、铁路值班室旁站着的护路工人，还有虽然被晨雾打湿了衣襟，但仍然奋力推货车的中央牛马运输公司的人。于是我终于知晓——就像是我自己感受到的一样——这些人，即使手被冻得红肿不堪，也并没有畏惧这严寒的气候。

"怎么样？难道咱们不再穿一件吗？"

大家一边说着，一边来来回回踱步，似乎这样可以让自己暖和一些。

我和学校同事汇合，晨雾逐渐散开，天空放晴，山那边亮了起来，浅间山麓也一点点显露出来。映入我眼帘的是空中如在水面上一般浮动的云朵，湛蓝晴空一览无余。这时，西边突然放晴，太阳喷薄欲出，浅间山完全显露出了真容，我却觉得这时才有了冬季的气息。远远地，我竟能望见那山之巅已然有了白发一般的雪。

狂风肆虐之中，冬天悄然而至。为了躲避严寒，人们进入过冬模式，也迎来了一年之中最快乐的休息时光。在信州特产的一种被炉上，已经摆好了茶水、酱菜碟、烟灰缸，甚至还有各色饮酒用具。难得的冬歇时节的炉边闲话就要开始了。

小阳春

最近天气总是反反复复，平时我们住在温暖的平原地带，并没有特别明显的感受，但是在这大山之中，这种感受就会变得真切。当你认为今天会很冷时，结果却是一个暖阳天。但是之后，降温却会更加剧烈，寒冷的天气也会随之而来。无论山有多高，气温都不会一下子跌入寒冬的谷底。这里，秋天向冬天过渡时的小阳春天气最令我难以忘怀，也最令我陶醉。俗称"小阳春"，这个词语本身就蕴含了无与伦比的快乐。那么，我该如何将这个话题重新提起，才能够引发你的想象呢？就让我们再一次回到十一月上旬的那一天，我遇到了很多正准备下地干活的农夫。

小阳春的山冈旁

这是无风少云、温暖晴朗的一天。走到屋外,阳光明晃晃的,照得人目眩,实在没有办法静静地站在阳光里远眺风景,于是,我找了一个背阴处躲避烈日。啊,还是好冷啊。——没有阳光的地方仍旧寒冷,这时你就会渴望太阳带来的温暖。——就是这冷与暖交融的感觉,才是令人快乐无比的可爱小阳春啊!

小阳春天气里的一个午后,我出门来到小诸城后一片叫赤坂的田地。那是沟壑起伏、山冈相连的丘陵地带,田地与田地之间被人们用石头矮墙明确分割开来。我登上了一个枯草遍地的土坡,凝望着眼前的一切。

忙碌的农夫已经完成了庄稼收割。我身旁的这处田地里,稻谷堆在一起,像小山一样高,秸秆就随便堆放在稻谷堆旁。两个挽着发髻的女人站在一个农夫身边帮忙。男人看起来像是雇佣的,头戴鸭舌帽,身着青色窄袖和服,一副佃农打扮。他一边讨身边女人的欢心,一边忙活着编织盛装稻米的草袋子。

放眼望去，除了这几人外，田地里不见有人干活。

这时，一个头戴釜形帽，拿着一把黄菊的男人，来到稻田边。

"哎呀，来，抽一根！"

他说着，与那个头戴鸭舌帽的男人一起依靠在石墙边抽起烟来，两个女人则继续边闲聊边干活。

"小金，你的眼睛怎么样？——啊，没事没事。——哎呀，虽说没事，可是——"我一边想象着整日从事户外劳动的人们的生活，一边侧耳倾听她们的对话。当我回过头来，发现原来这边的田埂上摆放着斗笠、木屐，还有便当包裹之类的东西。抽烟的男人们吐出来的烟圈，透过太阳光，看起来竟是青色的。

"那么，再见了。请你们尽情品尝美食吧！"

那个戴釜形帽的男人已经跟大伙儿打过招呼，告辞离去了。

鸭舌帽男人挥起锄头，开始平整土块。两个女人揉搓着稻壳，轮番收拾着秸秆。而这个佃农对手里的活不怎么上心，看起来要干活了，结果没一会儿就将铁锹竖起来，当个拐杖杵着，慵懒地站在那里，朝我这边张望。

山冈边是光的海洋，黑土地、不规则的石墙、枯萎的桑树枝、田埂里的草、田地里干燥的新麦秸，甚至从这里眺望能看到的远方的森林树梢，一切都沐浴在小阳春的温暖阳光中。

这时，两个辛勤劳作的男人身影映入了我的眼帘。一个人在离我很近的田地里卖力地挥舞锄头，平整土地。另一个身材很高，身形很瘦，年纪很轻，在高高的石头墙上方，那片茶色枯草丛中若隐若现的就是他的身影，能看到他在上上下下地挥动着木槌，随后一阵木槌敲击木板的声响远远传了过来。

直到午后三点，我都在赤坂后的田间游荡。

这个时候，只听得成群的雀儿发出一阵阵喧闹的鸣叫，那是从田地旁的柿子树和杂木林里传出来的。我朝那个方向走过去，才发现已经收割完毕的田地里，重新生长出的青青麦苗已是二寸有余了。

忽然听闻背后传来一阵木屐的声响，我立刻停住脚步，站定张望，原来一个孩子正冲着对面的石头墙上方呼喊着。我仔细一看，茶色桑田的另一边，一对母子正在急忙忙地收割，孩子正在告诉母亲，他已经准备好了茶水。看到这一幕，我不禁想，再没有比信州人更喜爱喝茶的吧？一会儿，那孩子跑出去了。但是那位母亲和孩子在一起的亲子时光还是让我久久难忘。母亲专心致志地揉搓着稻穗，儿子绕到打稻谷的地方帮忙，一刻也没有休息。母子二人虽然相距一段距离，但头戴手巾的母亲佝偻着身子干活的样子，和背对着她、身穿衬衫的儿子辛勤劳作的样子，都被我看在了眼里。

听闻那孩子喊母亲喝茶，我也感到了干渴。

我多么希望回到家时，也能有一杯热茶啊。这样想着，我准备原路返回了。斜射下来的阳光带着黄晕，总觉得远近风景与之前有所不同，变了模样。对面山冈飞来一大群麻雀，足有几十只，没多一会儿，雀儿们一下子四散飞走，不见了踪影。

农夫的生活

你一定注意到了吧，我对于农夫的生活非常感兴趣。在我的文字中，记录有很多拜访农家，与农夫谈天说地，看着他们在田间辛苦劳作的情景。就是这样，我竟从没有厌烦过。不仅如此，我还希望更多更深入地了解他们。如我所见，他们的生活是开放的、质朴的、简单的，并且，几乎有一半时间是完全生活在野外的。但是，随着我与他们的交往加深，才发现他们在辛辛苦苦地过着那些隐蔽而又复杂的生活。农夫们总是身着相同的服装，使用一样的农具，从事着相似的田间耕作。举例来说，他们的生活充满了朴素的灰色，然而，没有人知道那灰色到底有多少不同的种类。闲暇之时，我也亲自挥起锄头平整土地，试着种过一点蔬菜，体验一番农夫生活的状态，但是我仍然无法真正走进他们的内心。

尽管很难，我终究是喜欢农夫生活的，我总是想尽办法，制造机会，尝试走进他们的生活，并以此为乐。

一天，我来到一群佃农中间，和他们一起坐在草地上。红色的茅草因为霜降而枯萎，蔫蔫地铺满草地。人们用稻草袋子垫在屁股下面，席地而坐，舒服地伸展着双腿。这群人中有一个是我们学校的勤杂工小辰，还有一个人是他的父亲，另有一人是他的弟弟。小辰父子三人一直在麦田里忙活着用锄头翻地，开垄沟。看到我在这里，就借机一边休息一边与我闲聊起来。雨、风、太阳、鸟、虫、杂草、土地、气候等等，这些对于农民来说既是不可或缺的，又是必须要战胜和克服的。以此话题为开端，我们开始讨论这一带令人苦不堪言的各种杂草，水生野慈姑、白苏、山牛蒡、蔓草、魁蒿、蛇莓、野木瓜的藤蔓、天王草等等，妨碍人们耕种的杂草名目之繁多，已经到了我根本记不住的程度。小辰从地里取了一大块土来，给我展示那些隐藏在土块之中的绿色茸毛一般的杂草根须，据说它被称作"飘飘草"。这些人还能从众多杂草中辨认出有用的药草。"就算你去问大多数农民，'这种稻子是什么品种啊？'之类的问题，可能还是有很多人说不清楚子午卯酉嘞。"

小辰的父亲是一位健谈的老人，他耐心地告诉我很多奇闻轶事。比如，稻子分为女穗和男穗；浅间山麓多沙土地，所以并不适合种稻米；喜欢来小麦田搞破坏的鸟、会糟蹋稻田的害虫等。所谓"播种是一件受苦的事"，就是指哪怕是同一种小麦种子，农夫们往往也需要根据地势高低、土壤情况等而选择播种时机。小诸城多刮东西风，所以我们必须沿着南北方向修建田垄。这样一来，不但光照优良，而且不必担心大风将稻穗吹落。这位老伯告诉我，农民们就是经年累月地反复琢磨这些东西，才能确保有个好收成。

"但是，这些话如若说给上州①人听，他们一定会大吃一惊地表示：'如此这般地方，种麦子也能有个好收成？'"老伯说着，笑了起来。

"我父亲，他知道好多这一带百姓人家的趣事。你们二人就在这里好好聊吧。"

小辰说着，戴上那顶旧草帽，又下地干活去了。小辰的弟弟也把裤腿挽到膝盖上，光着脚和哥哥一起翻整土地。兄弟二人腰间都插着镰刀，当铁锹上黏附的泥土太多时，他俩就拿镰刀敲打铁锹以除去泥土，接着又继续弯腰干活。

"浅间山那边烧起来了！"大家不约而同地说道。

我闻到了刚刚翻整过的泥土发出的阵阵香气，还听到了微弱的虫鸣。老伯继续讲述他的身世。他今年已经六十三岁了，却仍然坚持劳动，没有退休。他十四岁时曾将针灸和占卜当作业余爱好学习，三十岁时拉过人力车，一拉就是十年，他自称为小诸城第一代人力车夫。老伯还讲了一些与他们家同住的那对夫妇的闲话，据说那个男人的双亲卧轨自杀后，他就一蹶不振了。

"老百姓啊，都是些无能之辈啊……"老伯自嘲似的说道。

这时，一个头发花白、个子高挑、体格健硕的老农夫从我们身边经过，同行者与他同龄，两个人都拎着铁锹，扬起沾满泥土的大手跟我们打招呼。还有一个健壮的年轻人，扛着粪桶，健步如飞地赶往对面的田地，看起来非常着急。

---

① 上州：上野国的别称。上野国的领域大约为现在的群马县。古代与下野国、那须国合为"毛野国"。大化改新后，毛野国分为上、下两国，即为上野国与下野国。上野国是古代产马之地。废藩置县后上野国分为七个县，明治九年（1876）合并为群马县。

收　获

这一日，我再次从光岳寺旁穿过，来到小诸城东面的一片山冈上。

大约午后四点，我终于登上山冈上一处风景绝佳之地。顺着犹如大海波浪般巨大的斜坡往下望，小诸城的一部分尽收眼底，田地里的收割状况一览无余。收割完和尚未收割的田地互相交错，只剩两家人还在田间忙碌着。

我想，大雪降临之前，农民们最大的牵挂就是赶紧收割庄稼，所以他们看起来做什么都很着急。就在我眼前，一位头发花白的父亲和一个看起来十四五岁的儿子，正挥动着长木槌敲打稻谷。随着"咚咚咚"的敲击声，白色的尘土升腾起来。母亲头上裹着毛巾，戴着袖套，将稻穗掰下来扔到簸箕中。她身旁还有一个脸被日光晒黑了的女人，正弯腰将父子打下的稻谷收拾起来，再放入筛子里。还有一个女人也在忙碌着，她一身劳作妇女的传统打扮，和服上绑着束衣袖的红色带子，脚上穿着深蓝色的袜子。她将盛稻谷的簸箕举到头顶上，迎风站着，一点一点地抖动簸箕，混合着秕谷和灰尘的黄色烟雾随着女人的抖动飘了起来。

现在白天日照时间很短，所以大家都不说话，只一味随着尘土拼命忙碌。面向山冈的一边，稻田和桑田间隔分布。一对夫妇戴着斗笠在田地里干活。妻子将簸箕高高举起，迎风而立的身姿特别显眼。寒风吹拂，阵阵寒意令她瑟瑟发抖。在我面前，一个干活的男孩拾起放在稻田边的无袖衫穿了起来，他的母亲也将上衣的尘土掸了掸，又套了一件外衣。我也觉得浑身发冷，赶紧将撩起的和服后襟放下来，一边隔着衣服摩挲自己的膝盖，一边看着大家在田里忙碌。

我看到一个用布裹着脸颊的男子朝着山冈走来。他肩头扛着铁锹，家里的房子应该就在山冈旁边。一个背着孩子、手里拿着两把镰刀的女人从他身旁经过，问候了一声："您辛苦了！"

我眼前的那对父子依然忙碌着，敲打稻谷的"咚咚"声响不绝于耳，嘴里不时发出"哼——哼""呦——呦"的吆喝声。不一会儿，父亲拿出一个柔软的草袋，一个女人伸展了一下腰身，盯着眼前的尘土发呆，田地之中，黄色的稻谷已经堆成了一座小山。

暮色悄然降临。小诸城畔连绵的房舍和大山之间的深谷，都笼罩在一片白色的暮霭之中，有些农夫顺着进山的小道朝家的方向走去。

我打算耐着性子再看一看，只见那位父亲将装满了稻谷的草袋捆上绳子，一下子扛上肩头，准备往家里搬运。现在，山冈旁也已暮色沉重，地里干活的人逐渐散去，对面田里干活的夫妇已不见了踪影。

　　光岳寺的晚钟声飘飘荡荡传过来，浅间山逐渐沉入夕阳暮色之中，被晚霞染成紫色的群山，不知何时竟又变成了铅灰色，暗紫色的天空中，唯有白色的炊烟依稀可见。突然，田野里出现一道闪光，正当我猜想发生了什么之时，远处又是一阵钟声。我身旁，一个孩子背着青菜往家里赶，又有一个人顺着坡道急匆匆往下跑去，那速度实在太快，单瞧着背影一时很难分辨是男还是女。接着，我发现那是一个粗鲁的女人，正像野兽一般飞奔。她的罩衫带子也没有系紧，衣裳像是完全敞开了似的。

　　南方的天空中悬挂着一颗闪着青色光芒的星星，在它不远处还有一颗。两颗星星遥相辉映，在紫色的暮空里闪耀着光芒。抬眼看西方的天空，山之巅闪烁着的黄色光芒，突然间变成焦茶色。下沉的夕阳，将最后一点余晖洒向原野。还在劳作的三个女人都用布紧紧包裹着头脸，弯着腰身。夕阳照耀之下，一切都突然变得明亮，连她们身旁男孩儿的鼻尖都被照得发亮。不一会儿，稻田变成了灰色，田野也被暗灰色包围了。八幡的森林里，那些长势繁茂的榉树也慢慢地隐匿于茶褐色之中了。

　　小城的一端已有灯火若隐若现，连绵山峦下也有农家灯火在闪耀。

　　那位农夫父亲折返回来，背起一个大草袋子走了，三个女人和男孩子仍然在动作麻利地干活。

　　"天黑了，不能再干了！"母亲着急地催促着儿子。

　　"找一找扫把——扫把——"又被母亲催促了一次，那孩子开始在田地里兜兜转转地寻找扫把。

终于,母亲用扫把将稻谷扫在一起,铺开席子,将稻谷收集起来。女人们都面朝着我,面容却无法辨识清楚,她们头上的毛巾和脸色看起来差不多灰暗。

对面田地里的那对夫妇也在忙碌着。灰色稻田中,他们灰暗的劳动身影隐约可见。

汽笛寂寥的响声犹在耳边,一阵风掠过,我不由得打了一个激灵。

"等一等,等一等!"母亲大喊着。男孩儿在她身边,与一个姐姐模样的女孩儿一起敲打稻谷。那一边山冈旁的小道上,能看到正朝家的方向赶路的人。还有人一边互致辛苦了,一边擦肩而过。这时,三个干活女人的身影已经渐渐模糊了,只能勉强看到她们头上灰白色的毛巾,她们挥舞的木槌也只剩下一道暗影。

但是,黑暗之中,还能听到有人喊:"把稻草收起来!"

我离开这处高冈时,三个女人仍在田地里忙碌。待我回首再次望向她们,只能看见暗影在移动。天已经全黑了。

巡礼之歌

上山参拜的女人背着一个小婴儿，站在我家门口。

寒冷的天空中飘浮着云朵，已经有了初冬的寒意。看上一眼，就会觉得那简直是一片冰雪的世界，冷寒彻骨。我只想说，那就是寒冰层层叠叠堆砌在一起的样子，白色的，冷峻的，透明的，尖端犹如银针的锋芒一般，这样的云朵出现，天气就会一天冷似一天了。

我眼前的这个女参拜者，满面憔悴，风尘仆仆，灰色绑腿外套着旧袜子。看到女人的这副样子，再一想自己也是冒着严寒来到这大山里，我的心不由得一震。她摇晃着朝拜用的铃铛，唱起了哀婉的颂歌，我和家里人一道听完了女人的歌，一边将五厘铜钱递给她，一边问道：

"你老家是哪里的啊？"

"伊势。"

"那路途真是遥远啊。"

"我们大家都是这样一路流浪的。"

"你们从什么地方来的呢?"

"从越后出至长野,到处走走转转。今后天气愈发寒冷,我们会去暖和一些的地方。"

我让家人取来柿子送给女人,女人用包袱将柿子包好,向我们行礼致谢后离开了。寒风中她瑟瑟发抖的样子令人难忘。

和夏季相比,现在的太阳已经向更南方沉了下去。每当我站在家门口,望着初冬的落日之时,总会想起那句"浮云似是故乡丘"的古老诗句。我眼前的枯树梢看起来比远处的蓼科群山还显高大。透过附近人家屋顶间的空隙远眺夕阳,你会发现,它正向着森林深处落下去。

第八部分

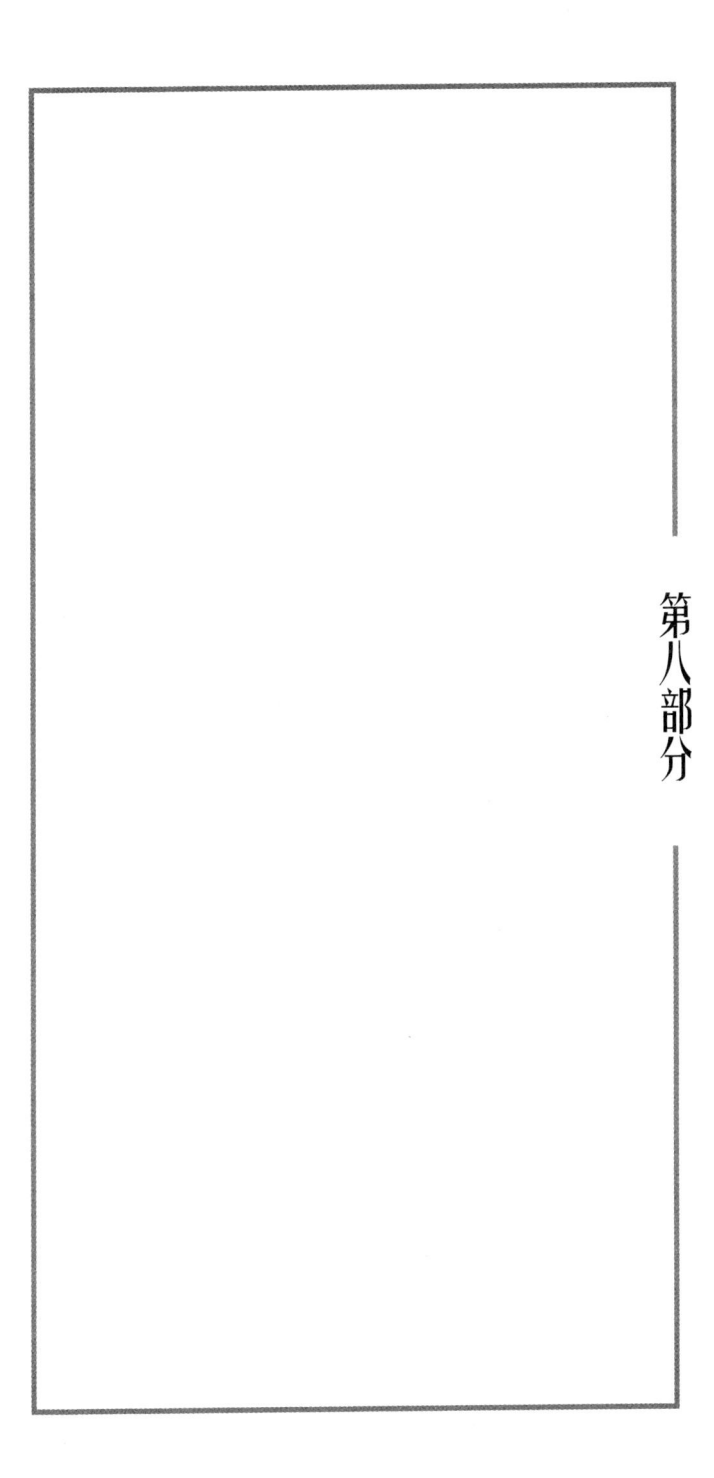

简　餐

　　山中有一家店,我外出时常常顺道去那里烤火取暖。鹿岛神社旁边,经常摆出"简餐""休息处""油炸豆腐店"招牌的就是那个小饭店。

　　从我家到那个小饭店的一路上,我会遇到很多相熟的人。在靠近马场后面的街道上,有一间制作和服的成衣铺。在一处南向的光照很好的纸拉门旁,男女学生们互为模特,一边欣赏石菖蒲、万年青的绿叶之美,一边忙碌地缝制各色和服。稍微往前走一点,就会遇到一对开点心店的夫妇。他们的店铺前摆满了蜂蜜蛋糕和羊肝羹。一位留着长发的算命先生,经常提着渔网从千曲川方向回来。朝马场后街走去,穿过只剩下三个门洞的古旧城门,就会来到一条大道上。这里有一家染坊,门前挂着一幅深蓝色的门帘。向右边走就是朝鹿岛神社去的路。路边有一位以按摩为生的光头盲人。一阵小鸟啼鸣吸引了我,挂着很多鸟笼的是一家鸟店,知更鸟、琉璃鸟等在笼中鸣叫,老店主满面欣喜地欣赏着这些小可爱。再往前走就是那家卖油炸豆腐的小饭店了。

因为常年在店里炸豆腐,老板娘也顾不得什么打扮,总是挑着油炸豆腐的担子,一边用袖子擦汗,一边走街串巷地叫卖。从早到晚,只要听到那清亮的嗓音,人们就知道是油炸豆腐店的老板娘来了。我们家也常常买这位老板娘的油炸食品,油炸豆腐、油炸豆皮,什么都有。最近一段时间,她家的孩子长大了,开始代替母亲,担着炸豆腐出来叫卖了。他们家的豆腐品类越来越多,醋豆腐、凉拌豆腐都能做出来了。

油炸豆腐店里也卖乌冬面,但也就是干乌冬面用热水煮一下。归根到底,我还是想品尝一下这一带上好的面食。我知道一家店铺卖的面食都是上等的材料,于是,我们一周到那户农家去购买一次。荞麦面是这里最著名的特产,酒会宴席最后,请客人品尝荞麦面成了规矩。还有一种被人们称为"小煮面条"的,就是在手擀乌冬面中加入蔬菜一同煮食,渐渐成了当地居民的日常饮食。每次去油炸豆腐店,我都会看到这样的场景:人们穿着鞋聚在大锅边,坐在火炉旁,看着眼前升腾的烟火——烟火甚至有些熏眼睛了,但是,这并不影响他们享用一碗温热乌冬面的好心情。老板娘总是一边推荐着:"刚刚出锅的热豆腐,不尝一尝吗?"一边将热气腾腾的豆浆打到大碗里端给大家。老板则将手巾别在腰间,手里忙活着生意,嘴里得意地跟客人们念叨着儿子在少年相扑比赛中表演"弓取式"[1]的盛况。

---

[1] 弓取式:相扑比赛结束后,拔得头筹的力士持弓登场的仪式。

这里是下层劳动者、马夫、附近老百姓喝酒吃饭的地方。看着昏暗屋檐下煤烟色的墙壁和满面污垢的人们,我觉得自己的生活也没有那么苦涩了。听着来来往往的马的嘶鸣和粗鲁的谈笑声,我的心渐渐安稳下来。老板提到希望换一换招牌的内容,于是我受邀帮助他完成这个心愿。

松林深处

祭财神节①的第二天,我在同事历史教师 W 君的邀请下,与他一起去爬山了。W 君毕业于东京的学校,年轻,有活力,自带书卷气,是一个非常有意思的旅伴,同他一起跋山涉水再合适不过了。

他家就在小诸城边一个叫与良町的地方。家里人叮嘱道:"带上一升米吧,到时候可以煮着吃。再带些柿子吧——"

我们俩也不听这些,赶紧把米装进褡裢里,毯子搭在肩上,短衣襟窄腿裤的打扮,看上去很有意思,俨然两个行者。以伞作拐杖,提着牛肉,我俩就出发了。

出发时间比约定的迟了大概一个小时,等我们离开八幡森林已经是午后四点半了。趁着日暮,我们沿着山边的羊肠小路,一路翻过连绵山冈,朝浅间山方向往上爬。等我们到达一处松

---

① 祭财神节:日本农历十月二十日或正月十日、二十日。

林时，傍晚的月亮已然高悬空中，月光让人感到了黄昏的降临，西面的群山那边，日头已经沉下去了。我们环顾四周，急匆匆赶路。

寂静松林中，一条小道赫然呈现——顺着它一路前行，浅间山那暗紫色的模样越发清晰。我们脚踏之处落满了厚厚的松叶，踩上去没有一点声响。林中还能看到些许黄昏余晖，西方的天空依然残留着一丝昏黄色彩，听不见任何鸟鸣虫叫。

我们一路走着，不知不觉间走出一片松林，又踏入另一片松林。西方的天空完全陷入了黑暗。月光的清辉透过繁茂的树枝映射下来，树林笼罩在犹如云烟一般的暮霭中，细长的枝条与树梢交错，灰暗之中，那样子清晰可辨。远处昏暗一片，树丛更加漆黑，万籁俱寂中，一片幽静。

今晚只有半轮明月。月光皎洁、清冷，道路两旁松林成荫，昏暗异常，但是，黑色的道路赫然可见，那是松针散落的地方，与旁边的其他部分区分明了。我们一路前行，离村落越来越远，小诸城完全看不见了。我俩不时静立山林，侧耳倾听那极其幽静深远的声响，谁也说不清那到底是什么声音，只能不断向着黑暗的密林深处窥探。W君走在我前面，现在林中光线微弱，甚至已经看不清他的背影，他回过头来，我也看不清他的脸，我们只能借着微光向更深处摸索前进。一切都被黑夜包围，仅能看见那些沉入暮霭，被朦胧月光眷顾的万物。有时我们会席地而坐，卸下肩上的重物，舒展身体，休息片刻。我感到异常疲惫，因为肚腹不适，一餐饭也没有吃过，在和W君休息时，我差点栽倒在他身上。终于，我还是以雨伞撑地，重新站了起来。

不晓得穿越了多少片松林，我们终于来到一处开阔的地方，这时，竟能清晰地看到地面上两个人的身影。月光时而明亮时而昏暗，突然，我们发现了一个巨大的黑色物体，那就是七广石。

"我们已经走了很远了。真是太累了。我一步都迈不动了。"

"我也走过夜路，从没有像这样疲惫过。"

"在这里休整一下吧，好吗？"

"您确实体力不太好啊。哈哈哈。"

这样说着，我打算鼓起勇气继续前进，一不小心，酸痛疲惫的脚趾撞上了石头，痛得要命。我扑通一下倒在草地上，索性躺平休息了。这里是浅间山腹地的一处大斜坡，四周犹如荒漠般杳无人烟，荒凉寂静，映入眼帘的只有松林和巨石。被黑夜吞噬的巨石，成了一团又一团的黑影。我们翻山越岭来到的这处松林，看起来也像乌云一般，黑压压一片。月亮的微光铺满山巅，仰望高空，青色的星子三三两两，澄静而清亮。还能望得见灰白色夜空中，有云在飘动。

深山灯影

当闪烁着红色灯火的纸拉门映入眼帘时,我们心中的喜悦之情难以名状。最后,我们终于蹒跚着到达清水山的小屋。

小屋的主人还在月色下拾掇着什么,我们走进小屋,洗干净疲惫的双脚,来不及解开绑腿就靠在火炉边休息。W 君披着毛毯说道:"本家的婶婶让竹嫂明天下山去洗萝卜。——而且,小 K 姑娘的订婚彩礼已经送来了。婶婶希望竹嫂也去看一看。听说很像样子,很气派呢。"

这里提到的竹嫂是小屋主人的媳妇,本家的婶婶就是我们从小诸城出发那天,一直叮嘱我们再多带些米的那个女人。W 君与这一家人交往频密,很是熟络,说话也自在随意。

我们把装着米的褡裢、报纸包裹的牛肉,还有和服的衬领等礼物一一拿出来,给了竹嫂。

这时,男主人走进屋来,说道:"肉里面加些葱一起烹制,好不好?"

听闻他这样说，W君笑了："哎呀，放些葱就太好了。"

"那么，我们这儿还有芋头，——对啦，加些芋头好不好？"男主人说着，转身走出房门，不一会儿拿来了葱啊，芋头啊之类家里储存的食材。最后他一屁股坐到火炉边，用火钳将冒着烟的杂木挪开，等火苗越烧越旺时，又把折断的栎树枝扔了进去。炉火愈来愈猛，大家的脸都被照得红扑扑的。

男主人还很年轻，听他媳妇说，他前年四月才移居此处，五月娶妻成亲。火光映照下，男主人的脸庞愈发清晰，他眼睛虽然不大，眼神里却透露着正直和老实，一看就是个爱劳动、能吃苦的青年。他说起话来就会张着大嘴，摇晃着头，笑起来甚至能看到舌头。这个年轻人，说笑完全没有矫揉造作的痕迹，那毫无隐藏、坦坦荡荡的言行着实有趣。他是一个很容易变得熟络，且很好相处的人。他的媳妇则是一个远近闻名的能干之人，红彤彤的脸庞，一头浓密的黑发，无论怎么看都是一副小姑娘的模样。他们俩真是一对般配的小夫妻。

木屋里挂着一盏昏暗的煤油灯照明，只有火炉边光线明亮些。屋前庭院的角落里放着一个炉灶，那里正烟雾升腾。忽然，女主人一边咔嚓咔嚓地切葱，一边为我们讲述他们的山居生活：

"我从小就生活在安静而寂寞的环境里，但是自从嫁到这大山里来，逐渐适应了这里的生活，我才懂得什么是真正的寂寞和清苦啊。"

男主人很好客，非常欢迎我们造访。他们夫妇一边忙碌着准备晚饭，一边说着今年他们种植的大葱喜获丰收的成绩。炉灶上架着一口给马匹煮土豆的大锅，男主人赶紧将大锅端下来，换上一口小锅。女主人则将切好的芋头放进去煮，男主人顺手盖好了锅盖。我们眼前的这一幕，正是民谣里"如果能够和心爱的人结为夫妇的话，再怎么受苦受累也都无所谓"歌唱的场景啊。

一只小猫嗅到了肉香味，开始往报纸旁边凑，被男主人大声呵斥了一番。最后，小猫跑到我们身后转悠了一阵，终于蹿上了W君的膝盖。"该死的家伙！"又被男主人训斥之后，它畏畏缩缩地缩在火炉边，直勾勾地盯着火光，慢慢地眼睛眯成了一道缝。

"我是最讨厌猫这种动物的，但是家人非要让我带着它上山，无奈，只好带了来。"

男主人这样解释着，又为我们讲述了很多山中生活的趣事，比如黑色野鼠跑到小屋中捣乱，搞恶作剧之类的。他越讲心情越好，哈哈大笑起来。

"炉火有点冒烟了，把门打开一些吧。"W君说着，站起身来，将纸拉门打开了一条小缝。接着，他就那样向屋外眺望了好一会儿。

"啊，今夜的月色真美，皎洁清冷。"他一边感慨着，一边坐回了原来的位置。这时，锅里冒出了白色的泡沫，汤的热气升腾起来。

"可以了，火候到了。"

"那就下肉吧。"

"先放哪一个呢？稍等一下。我看看芋头怎么样了……"

男主人用贝匙捞起一块芋头，放在锅盖上，切了几下查看熟的程度。已经煮得差不多了,应该可以下肉了,他打开包裹牛肉的竹皮和最外层的报纸,用筷子将血红色的牛肉混合着白色的牛油放入了锅中。

"哇,这肉味太香了。这样的礼物我真希望每天都有呢!"男主人对 W 君笑道。

女主人从碗橱中取出了盘子、饭碗和筷子,麻利地盛上了米饭。

"感觉怎么样?这样围坐在火炉边吃饭,很特别吧?"

这时,我才感到饥肠辘辘。

"好了!肉煮熟了。"女主人一边分割牛肉一边热情地招待我们。

"竹嫂,我要吃好多好多肉呢。你快记录一下我能吃多少吧!"W 君亲昵地说道,"哎呀,太好吃了。这个大葱美味极了。啊,好烫,好烫。"

"嗯,这寒冷季节,吃肉最合适不过了。"男主人说着,也跟着大家一起吃了起来。

喝了三碗肉汤,饱腹感油然而生。太满足了,我们俩解开衣带,又松了松裤子。

"来吧,再吃一碗。——来山里的人,还没有谁说这里的饭不香呢。"女主人说着,一下把 W 君面前的饭碗拿走了。W 君惶恐万分,正要伸手抢夺回来,却为时已晚,女主人还劝他再添上一碗饭。

W 君大笑着,抱着头说道:"太过分了,太过分了。——你欺负我。我可被整惨了。"

"咦，你被整蛊了？"男主人也笑了，"这碗饭对你来说，不在话下吧。"

"为什么啊，我已吃了好多了。真是吃不下了。"W君叹了一口气，"唉！还要吃吗？我真的已经吃得很饱了。——嗯嗯，真香啊。"

欢声笑语中，我也吃完了晚饭。"你也赶紧吃饭吧。"男主人提醒后，女主人才开始吃晚饭。钻进碗橱里的小猫喵喵叫着，想要吃东西的样子。因为长期在大山里生活，信息闭塞，男主人将包裹牛肉的那张报纸细心展平，认真地看了起来。W君可能确实吃得太饱了，他裹着毛毯，仰面朝天倒下了。

这对夫妇轮流为我讲述烧炭、打野兔子等山中生活趣事。终于，女主人将碗筷等一应用品收拾停当，又将煮着放入麦麸的马饲料的大锅端回了炉灶上。这天晚上，女主人告诉我，有一次恰好男主人不在家，大风将他们新盖好的房子吹倒了。本来那栋新房子是备用的，一旦现在住的这座小屋塌了，就把马牵出来送到新房子里去。可是，哪里想得到新房却先倒了，这事想想都后怕啊。她丈夫是很少在外留宿的，好巧不巧那天晚上他就留宿在本家了。

他们重新修建的房子离小屋很近，主人带我们去参观了一番，还让我们在那里留宿了一夜。到底是新盖的房子，还没有安装木门，只有纸门，月光透过纸门的缝隙洒进屋里。我们包裹着毛毯，熄了灯火，疲惫至极，谁也没有说话，昏昏沉沉地睡了过去。

山中早餐

第二天凌晨三点钟左右，与我们一样借宿在这里的土木工人们好像已经起床了。昨天夜里，这些人谈天说地的声音持续了很久。野鸡的啼鸣声响起时，我们也差不多起身了。

我们来到一处远眺风景的绝佳之地，遥遥的群山层峦叠嶂，巍巍壮观，而谷底还在天色未明的混沌之中。远处的八岳山被灰色包围着，山巅之上却笼罩着红色的云霞。渐渐地，山巅开始有了朝霞的光辉，就在红云逐渐变为淡黄色的时候，前夜一片漆黑中不见模样的落叶松林也清晰可见了。

我们跟主人一道，绕着木屋周围转了转。其间有很多田地，诸如包心菜田、葱田，还有菊花田等。晾晒着萝卜干的木箱下面，两只鸭子慢慢走了出来。它们好像非常兴奋，扑闪着翅膀，舒展着身体，脖子一伸一缩地啄食地上撒放的饵料，摇晃着黄色的喙，大摇大摆、优哉游哉地来回踱步。

主人又带我们来到马厩前。红色大马舒展着脖子，鼻子里发出噗噗的响声。由于要过冬，马的毛发很长。这是一匹高头大马，眼神温柔平和，体格健硕丰腴。主人照例在麦麸里掺杂进煮熟的芋头和大葱，并混合了打碎的稻草秸秆，一起搅拌。一切准备停当后，他将马饲料倒进大桶中，顺手挂在马厩的钥匙把上。马像是通人性，立刻撒娇着显出要吃早饭的神情。

"喂，给我们转个圈！"

主人说着，招呼马儿表演。那匹马听闻主人的呼唤，心领神会一般，滴溜溜地在马厩里转了一圈。

"再来一圈！"

主人再次发出了指令，同时轻抚了马的鼻子。最后，这匹可爱的动物终于得到了主人的首肯，可以进食大桶中的早餐了。看着马儿咕咚咚咚愉快地吃饭，主人告诉我们，它可以将一桶五升的水一饮而尽。我们听闻，都惊呆了。

山上的云逐渐变成了白色，山谷中亦迎来了天明。晨光所到之处，看起来都是灰蒙蒙的。

女主人走过来，通知我们早饭已经准备好了。就在这难得一见的绝妙山谷之中，我们开始了别具一格的早餐。主人吃罢早饭，往自己的饭碗里倒入开水，又将开水倒进汤碗中，然后喝个精光。最后，他从餐具箱里取出抹布，把饭碗和筷子擦拭干净收纳起来。

饭后，我们又随主人一起走出小屋，仰望朝阳中闪耀着光芒的群山，又俯视了山谷中的风景。主人甚至为我们取出望远镜。透过望远镜，主人——为我们指示着："那边可以看到的就是涩之泽，眼前的洼地就是灵泉寺的沼泽。"八岳山的层峦、蓼科山的山麓,还有御牧之原,一切都在这架望远镜的视野之内。

垂直的悬崖层层叠叠,一直延伸到那深不见底的山谷中。这中间,分布着桔梗、山边、横取、多计志、八重原等大大小小的村落。白色的崖壁看起来又深又远,千曲川看起来也泛着白光,耀眼极了。

进入十二月,野山鸡就会下山来到田地里。它们一听到人们的足音,就会霍然飞腾起来。野兔子也会跑过来啄食雪中的麦苗。这些山居生活的趣事与我们而言是十分新奇的。

第九部分

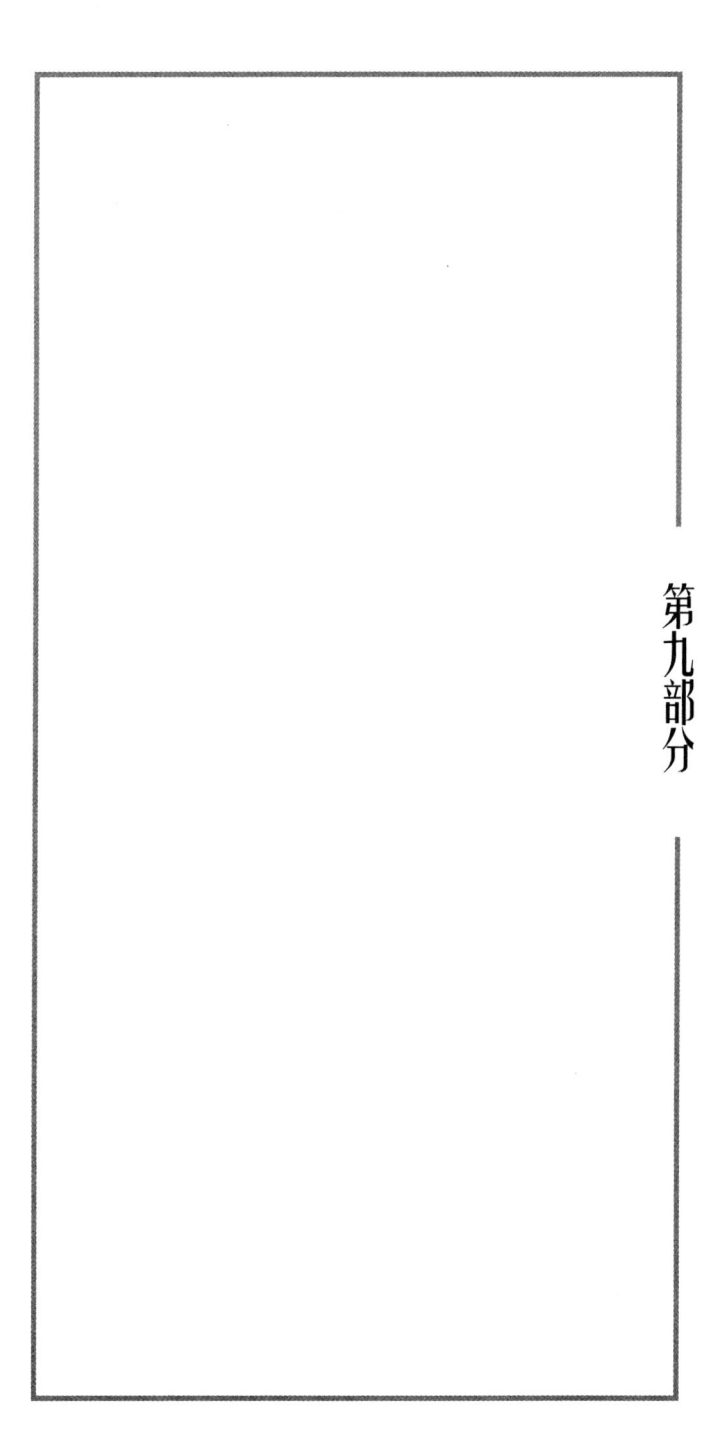

雪国的圣诞节

圣诞夜和第二天,我都是在长野度过的。接到长野气象站技术员发来的邀请信,为了赶赴与这些素未谋面的人们的约定,我从小诸城出发,坐火车来到了长野。一路上,透过车窗,我看到了火车经过的地方,有田中、上田、坂木等。其实,想亲眼看看那个气象站是我此次旅行的目的之一。这个目的也已经达成了。

雪国的圣诞节——雪国的气象站——我只是这样说一说,你是不是已经开动脑筋在想,那到底是什么样子的啊。但是,在与你讲述这些之前,我还是希望描述一下,在雪国,那被大雪覆盖的漫山遍野,到底有着怎样一番景致。

每年的十一月二十日前后,就会见到初雪。一天早上,当我在小诸城的家里睁开睡眼时,一场出乎意料的大雪已经悄然而至。当地的特色风景之一,就是地面上积存的犹如食盐一样的细雪。也许是因为周遭一片白雪皑皑,我看到的景色甚至抹上了一丝青绿色。早上来来往往的行人，由于脚下木屐沾满雪的缘故，无不艰难前行，那蹒跚赶路的样子与走夜路的人毫无二致。头上裹着红色毛毡、脚下踩着草鞋的小学生们，农家屋檐下无精打采地站着的鸡群，还有车站旁边满载货物的大车上落着的厚厚积雪……而大雪依然在不停地落下，落下。我还看到，怀古园里挂在松树上的残雪，时不时地突然土崩瓦解轰然落下，扬起一阵阵蒙蒙白烟。山谷底的竹林，在皑皑白雪的重压之下，看起来竟如小草一般倒伏在地。

赶往盐田村的马车从大雪中艰难驶过，马夫吹响了嘹亮的喇叭，披着薄席子的马背湿哒哒的，顺着它粗糙而又杂乱的马鬃，融化的雪水滴滴答答地掉下来。马车的轮胎碾压雪地发出嘎吱嘎吱的声响，时常还会打滑。在白雪覆盖的大道之中，人们往来的轨迹形成了红土色的沟壑，那蜿蜒曲折的印痕一直向远处延伸。人们纷纷走出家门，清扫着门前的积雪，那人声鼎沸、嘈杂忙碌的光景，恐怕唯有此处能得一见。

薄薄的雾霭渐渐升腾起来，笼罩住了整个雪后小城。那天临近黄昏时分，我心里琢磨着："天应该放晴了吧。"于是走出家门一探究竟。啪嗒啪嗒的凉东西一下子钻进了我的衣领。"啊呀，难道还在下雪吗？"我一边想着，一边不由自主地摸了摸头发。我也终于明白，那看起来像是雾霭冰珠的，原来竟还是细小的雪粒。人们第二次清扫过的路面，又覆盖了薄薄的一层白雪了。入夜之后，我时常能听见房子外面有啪啦啪啦的声响，那是抖落木屐上沾满的积雪的声音。原以为还有访客到来，其实竟是过往的行人发出的声响。这一点令我颇为吃惊。

积雪反光，即使在夜间，人们也能找到道路。小城中往来的人手里提着的灯笼照在夜里的雪地上，犹如开出了绚烂的花朵，光彩夺目。那真是别具一格的如画风景啊。

你看啊，我将在这雪国里看到的第一场雪的大概情景讲与你听了，你想象一下这场雪还没有完全融化之前的样子。尤其是寒冷的背阴地里，庭院里，还有北侧屋顶上，到处都是不会彻底融化的残雪，然后一层又一层的新雪再覆盖上去，一直保持着冰冻状态的残雪就这样持续到来年春天。你能想象那是怎样一番景致吗？

然而，仅仅以上这些，我还没有把在雪国期间的所见所感充分告诉你。大雪过后的第二天早上，屋顶上的积雪足足有一尺厚，屋檐下垂挂着细长的冰柱，庭院里的苹果树也倒伏在一旁，甚至连鸡的鸣叫声听起来都变得空远，一切似乎都被大雪吸收了。雪后第二天，北侧的拉门会变得更加明亮。那是因为，透过灰色的天空，太阳照射到雪地上，由于雪的反射作用非常强，所以看起来总是熠熠生辉，格外耀眼，看一下就会觉得炫目。屋檐下滴滴嗒嗒的尽是冰柱融化、水滴下落的声响，日复一日，单调乏味，让人感到寂寞和无聊。

如果走到小诸城后面的田地看一看，你就会发现，刚刚萌芽的麦田完全被覆盖在大雪之下，白皑皑一片。山冈连绵起伏，犹如大海的波涛，泛着白色浪花，汹涌奔腾而来。田埂间那一排排低矮的石墙上，大大小小的石头显得突兀嶙峋，发黄的草叶垂头丧气地耷拉着，倒是依稀可见。远处的森林、干枯的树梢、山里的人家，所有的一切，都披上了一层柔和的铅灰色。这种铅色或许还带着一点点紫色。我想说,这些颜色交织在一起,应该就构成了接下来日子的色彩基调。这种朦胧的色调牵引着人心,向着那个难以名状的迷幻世界进发。

第三天,我去了一趟名叫鹤泽的山谷。日光闪耀着令人生畏的烈焰,照得我阵阵目眩。四面群山上的积雪反射着强烈的阳光,几乎让人感到窒息。我甚至难以睁开眼睛将周遭的事物看得清晰,只能感到令人十分痛苦的日光反射和燥热。这处山谷中,沿着次第落差的山势,到处都是没有高低差别的田地和桑田。山体的侧面看起来好似一层一层雕刻下来的一般,焦茶色的枯草附着在上面,间或有些地方裸露着赤黑色的土地。高高隆起的土地上是已经枯萎的桑田,田垄里满是厚积的白雪,接受着刺目日光的洗礼。越过那些高冈,可以远眺到蓼科山脉的风光,甚至还能望得见遥远的日本阿尔卑斯山脉[①]的巍峨群山。那一天,我居然听到了千曲川令人生畏的奔流之声。

狂风大作,原以为雪应该融化得差不多了,不承想又是一场大雪袭来,紧接着厚厚的积雪再次沉积。原本已经露出来的大道又被覆盖为无形。进入十二月,天空中的阴云密布,风雪持续不断。太阳光渐渐地变得又远又薄,周围已然成了半冰封的世界。高耸的群山被暴风雪笼罩着,能够看见大山整体样貌的日子越来越少。小诸城车站上架设的那个引水管里溢出了很多水,逐渐被冻成了一个粗大的冰柱。即使不下雪的日子,依

---

① 日本阿尔卑斯山脉:日本本州中部的山脉。19世纪末该名始用于飞弹山脉(北阿尔卑斯)。现包括其木曾山脉(中央阿尔卑斯)和赤石山脉(南阿尔卑斯)。各山脉均为有名的游览和登山区。

然能从来自越后方向的火车顶上看到白色的积雪。这时，我就会不由得感叹："啊，原来那边正在降雪啊！"越是临近冬至，那些既不是云也不是水蒸气一样的东西，越是聚集凝结在一起，像细线般高悬在寒冷的空中。日落时分，如此这般的萧条之感更加触动我的内心。这个时候，屋檐下挂着的冰柱也会越变越长，甚至长到一尺有余。顺着茅草屋顶淌下来的浑浊水滴被冰冻后，看起来就像一把长长的茶色宝剑。庭院里，反复堆积起来的残雪甚至比廊檐还要高。偶尔能隐约看见石楠木露出新芽，然而那叶子也畏寒似的蔫头耷脑地垂着，唯有顽强生存的花蕾硕大而结实，坚强地傲立枝头。我们也像冬眠的土中小虫一样，在寒气逼人的夜晚，蜷缩着身体，艰难挨过这寒冷冬夜。

我冒着如此严寒和冰冻的空气，怀揣着与素未谋面的人们相见的喜悦，在圣诞节这天晚间抵达长野。我来到那位气象站技术员家里，才发现原来主人如此年轻。我们一边在被炉里暖身，一边谈论着气象学的话题。他关于文学的精彩论述，引经据典，无不让我欣喜异常，心情愉悦。我俩还谈到拉斯金①的《现代画家》这本书，其中有关云的描述和研究令我们颇感有趣。拉斯金先是将云分为三个层次进行描述，而后又分为九层，这些论述直接影响并推进了近代对云的形状研究的发展。主人刚刚说到这里，一位女性客人来访了。

---

① 拉斯金：约翰·拉斯金（John Ruskin, 1819—1900），英国作家、艺术家、艺术评论家，同时也是哲学家、教师和业余的地质学家。拉斯金的兴趣爱好十分广泛，1843年，他因《现代画家》（*Modern Painters*）一书而成名，书中他高度赞扬了威廉·特纳（J.M.W.Turner）的绘画创作。他是维多利亚时代艺术趣味的代言人。

经由主人介绍,我才得知这位年轻妇人是牧师的夫人,也是主人的密友。这是一位快人快语、爽朗活泼的人。据说,当天晚上会唱圣诞歌曲,还有这位夫人亲手做的美食。于是,在庆祝圣诞的时刻将要来临之时,我们结伴走出了技术员的家门。

我被引领着来到一处教堂风格的建筑前。这栋建筑恰好在这座地处斜坡上的小城中间。我脚踏残雪,走过一条又一条灰暗的街道。我和技术员时常停下脚步,驻足在冰冷的街道上,听着后面一阵阵女人们的说笑声,那笑声爽朗清澈,回荡在严冬雪国的天地之间,让我更是真切感受到了雪国浓郁的圣诞气氛。后来我才知晓,那位牧师的年轻夫人曾经摔了两跤。

赤红色的灯火透过教堂的窗棂流淌出来。我和聚集在这里的一大群孩子一道,度过了具有乡村风情的圣诞夜。

长野气象站

第二天早上,我在那位热心技术员的陪同下,登上了长野气象站所在的山冈。

途中,技术员告诉我,他记得曾在某个小说里看到这样的描述:"在榛名山,早上的云朵会变成红色。"据他推断,或许高山流云往往都向低处移动,所以会变成红色。果然是专家的判断啊,精辟极了!

气象站很小,但位于远眺风景的绝佳位置。虽说,这里的工作不过就是每天向东京气象台报送天气信息而已,但是,监测气象的仪器一应俱全,对于初到此处的我来说,一切都是那样新鲜。同时,气象工作人员的生活也让我颇感好奇,他们每天不断地制作着各种云图和气温表。

终于,我在技术员的带领下,通过狭窄的楼梯,爬到了最高的观测台上。清晨,长野城的一部分就这样被我收于眼底。对面层峦叠嶂的群山的山麓,笼罩在一片严冬的雾霭之中,只有透过间或出现的空隙,才能将那掩映在浓雾背后的风景看得真切。

站在检测风速的仪器旁,技术员为我普及气象知识,讲解了一些气象景观形成的原因。比如暴风雨来临之前的云,站在辽阔的海岸边可以观看全貌,而在信浓这地方很难看到。之所以如此,是因为这里山体高大,地势险峻,气压极不稳定,不同气压作用下,便出现了云层参差错落的景象。

"这里的冬天常有云朵堆积,但却很是单调乏味。如若说到变幻无穷,那还得等夏天到来。夏季从云量来看嘛,还是不及冬季多。提到云朵变化的奥妙之处,那还是从春到夏这段时间才值得说一说。"

技术员边讲解边仰望我们头顶上不断聚集的层层云彩,说道:"那片云,您看像什么?"他指着云层,问我。

实际上,为了慰藉自己旅行在外的辛劳,我曾经试着写过一些有关云的日记。但今天突然被气象专家这样一问,我竟一时语塞,不知如何回答是好。

铁 道 草

这里所说的铁道就在中仙道①,或是北国公路一带。它的修建对千曲川沿岸的巨大影响让我颇感吃惊。它甚至不断影响着当地农民原本安静的生活。

铁路的出现也给大自然带来了一场革命。举例来说,这附近有一种叫作铁道草的杂草种子,就是随着铁路的开发建设而被带来的。它生命力顽强,落地生根极其迅速。无论在山野还是田地中,现今这种杂草已疯狂蔓延。随之而来的问题就是,土质变得越来越贫瘠。铁道草还在不断地侵害着本土草种的生存空间。

---

① 中仙道:德川幕府时期的五街道之一,自江户日本桥(东京都中央区日本桥)直抵京都三条大桥(京都府京都市东山区三条通),沿途设有七十个宿驿,供将军上京拜谒天皇,官方的名称是"中山道"。

屠　牛

其一

　　早就听说上田町那边有一家屠牛场，却从未有机会亲眼见识。今日恰好遇到一位从上田过来卖牛肉的男子，他热情地提出愿意带我走一趟。

　　这一天刚好是元旦，我自己也觉得，正值新年却非要早早地去屠牛场，未免好奇心太重了些，可是，兴致勃勃地想一探究竟的激动心情已难以抑制了。我早早地离开小诸城的驻地，朝上田方向出发了。

　　小诸城车站里等候火车的旅客也很少，车站工作人员聚集在一起玩纸牌游戏。火车行至田中站又有几位乘客上车，但这座乡下小站看起来还是要比往日里显得空寂。透过车窗，我看到车站里有几个女孩子在玩日式羽毛毽子。

　　虽说已是初春，但照射到车窗上的朝阳还是寒冷而昏黄。

窗外，映入我眼帘的尽是孤寂而立的枯干树木，杳无人烟的田野，白雪残存的寂静山谷，石头墙之间的桑田，栎树林里茶色的枯叶，等等。车厢里的乘客也是屈指可数。角落里，一位列车员正在打盹儿。他戴着一顶旧帽子，身上裹着一件旧外套，身下铺着一条红色的毛毯。他的脸上写满了年终岁末忙碌的疲惫感，人似乎非常寂寞地盹睡着。看着他，我能够想象在这火车上日复一日度过时光的人的生活常态。（在单调乏味的铁路线上，能够忍受山中寂寞生活的，往往只有越后地区的人。）

终于到了上田町。小诸城地区的民风淳朴而踏实，但是据我所知，上田地区的民风则更显灵动而活络。一个地方的风土人情，说到底还是与当地的气候和地形有关。小诸城那样的地方，除了砂石土地，多是倾角较大的斜坡，人们往往需要在斜坡上修葺石墙才能立足和生存，讨生活颇为艰难。如此艰难度日的人自然会形成朴素坚韧的性格。寒冷的气候和贫瘠的土地，造就了在大自然中勤勉劳作的人。这里的田地再怎么耕作，也难以像上州地区那样收获丰富的果蔬。所以，小诸城人的日常饮食一般就是坚硬土地上长出来的萝卜腌制的酱菜，配上一碗酱汤，早晚都是如此单调的吃食。小诸城里的男人们更以穿着粗布旧服为荣，无论婚丧嫁娶，都穿着十年前流行的和式礼服出席，并不觉得有什么丢人或不好意思。但是，我认为小诸城的质朴民风有时也落入一种形式主义之中了。听说曾有一个年轻的叛逆者，他将在别处生活时穿着的柔软精致衣物脱下来，换上了粗布衣裳，才得以进入小诸城。而真正可贵的小诸城民风就是表面上看起来空洞无物，实质上却很是丰富踏实；表面上冷漠无趣，实际上却亲切热情。我想，也许就是这种民风孕育了生活上的形式主义吧。来到上田一看，且不讨论这里作为一个都市的规模大小，也不管它的生活富足程度，至少这里没有小诸城里那么沉重的生活氛围。小诸城的买卖人，脸上总是带着一副爱买不买的冷峻表情，然后，本来品质很好的东西也都便宜出售了。而在上田，商家绝对不会那么不慌不忙、不紧不慢地做买卖。他们总是不停地观察周遭，审时度势，维持古老城市的商业繁荣，这是由上田作为经济中心的历史地位所决定的。看一看各家店铺的装饰和店面，你就会发现，为了吸引顾客，商家们总是竞相快速做出各种调整。食盐、鲣鱼干、各种棉麻织物，还有上田地区售卖的其他小商品之中，实际上有不少货物都来自小诸城。

我不由得对这些山上城市进行了比较。那一天，正赶上年后开始宰牛的日子，我拜访了这家经营屠宰场的肉店，之前那位背着笸箩来小诸城卖肉的男子在那里等着我。我见到了肉店老板，他是一位寡言的人，给人一种稳重之感。他非常了解牛。

肉店里的年轻伙计一边兴致勃勃地说笑着，一边驾着空车离开城中，来到大道上。我们紧随他们的车，渡过小河溪流，来到太郎山脚下。在一栋崭新的建筑物前，五六只眼神锐利的大狗围在一起，这里就是屠牛场了。

走进那扇漆黑的大门，十来个屠夫站在里面。领头师傅看起来大概五十岁，是一位老成持重、人情练达的长者。他肥嘟嘟的脸颊上带着笑容，热情地向肉店主人致以新年的问候。检查室和待客室里，到处都装饰着松枝。拴牛的地方拴着一头红毛母牛和两头黑牛。

庭院正中摆放着一只硕大的木箱，里面有一头猪。这个庭院由涂着黑漆的低矮木板围成，一直延续到屠宰场那边。

其二

身着黑色外套、头戴鸭舌帽的兽医来到屠宰场，人们照例互致新年问候。屠夫们穿着清一色的白色工作服，光脚穿着粗制草鞋，看起来并不暖和。师傅们各自开始准备。庭院的一角，有人弯腰忙活着打磨厚刃尖刀。肉店老板将挂在木板上的宽刃大斧取下来给我看。它看起来像是砍柴的工具，斧头边还带着五六寸长的尖利铁管，手柄处粘着已经干了的牛血，听说宰杀牛时要用到。肉店老板用低沉的声音对我说，过去他们通常使用大而粗的钉形工具，但现在这种管状的更结实，宰牛时更容易用上力气。

南部出产的黑色公牛已经被牵到了庭院中央，鼻子里喷出白色雾气。拴在院子里的另外两头牛开始有些骚动，一个屠夫来到红毛母牛身旁，一边抚摸着牛鼻子，一边"啾啾"地喊着压制安抚。旁边一头杂种公牛烦躁地左右摇晃着脑袋，绕着拴牛的木桩走了一圈，不停地想要挣脱绳索逃跑。看起来，它们仍在凭借本能，拼命地尝试做最后的抵抗。

已经知道自己命不久矣的公牛反倒冷静下来，眼睛里闪烁着紫色的泪花。大家站在院中观望着，兽医开始在每头牛之间走来走去，抓捏一下牛皮，摸一摸咽喉，敲打一下牛角，最后还掀起牛尾巴看了看。

检查终于结束了，屠夫们成群结队地吆喝着，训斥着，将那头一动不动的牛硬拉向屠宰场。屠宰场里铺设着地板，建造得就像是宽敞浴场的冲洗室。趁着牛不留神，一个屠夫用细绳套住它的前后脚，然后紧紧勒住绳索，牛瞬间失去重心，庞大沉重的身躯横卧到地板上。屠夫瞄准牛的前额，用宽刃斧上那个尖锐无比的铁管深深插了进去。那力量似乎将牛的前额骨都戳碎了，牛眼睛转了转，直翻白眼，蹄子吧嗒吧嗒地蹬踹了几下，喷出白雾，气若游丝，眼看就要断气了。

　　就在这头南部产的牛微息尚存之时，一个屠夫走过来拉拽它的尾巴，还有一个屠夫手起刀落，一把厚刃刀已经切向了它的咽喉附近。接着，众多屠夫一拥而上，骑到公牛身上，朝着茶色的牛肚子、牛后背踢蹋着。从刚刚被切开的咽喉处，大股大股红黑色的血淌了出来。又有屠夫在已经破碎的牛前额骨间又插入一根木棒，并不停地转动，向着更深的地方用力。气息尚存的牛仍在挣扎着，呻吟着，蹄痛苦地抽动着。等血流尽时，它终于断了气。

　　黑色大牛躺倒在地，四肢被分别紧紧捆绑在屠宰场的柱子上。一个屠夫纵向剖开了牛腹部茶色皮肤，其他屠夫开始从牛脚处剥皮。还有一个屠夫挥舞着宽刃斧，在牛头处敲打了两三下，只见白色的尖利牛角骨碌一下滚落到地板上。转瞬间，这头南部产公牛黑色的皮毛和被白色脂肪包裹的身躯赫然摆在大家面前。

　　紧接着，红色母牛也被牵拽进了屠宰场。

其三

红色母牛和黑色杂种公牛也以相同的方式轰然倒地。宽阔的屠宰场里,横卧着三头牛的尸体。突然,围挡外响起了一阵猪的号叫。走到庭院里一看,原来白白的、肥肥的、短腿的猪正在做着最后的挣扎。它的号叫听起来又可怜又可笑。将死之猪在院子里转着圈想要逃命,拼死奔跑着,甚至引得孩子们过来围观。一时间,整个屠宰场里,人在追赶,猪在逃跑。肉店老板动作麻利地抛出手中的细绳,其余几人马上骑坐在猪身上,捆住了猪的四肢,猪就那样被扯拽进了屠宰场。

"牛还好说,这个猪啊,实在是太吵了。虽说没有什么危险,但是吵闹得要命。"

跟随着肉店主人,我又一次进到屠宰场里看个究竟。这头猪被五个人压着,鼻子抖动着,哀号着、呻吟着、嘶叫着。和宰杀牛的情形完全不同,大板斧之类的工具是用不到的。屠夫快速挥动厚刃尖刀刺向活生生的猪,在咽喉部位准确入刀。我被眼前的一幕惊呆了,望了一眼那头猪,只听见它的号叫更加响亮刺耳。猪被宰杀时的表现与牛的冷静真是大相径庭。鲜红的血液从猪的咽喉处汩汩而出,因为猪毛是白的,所以那血红的颜色特别刺眼。三个屠夫骑坐在猪身上,踢踹着猪的身体,没多一会儿,猪咽下了最后一口气。

一位上了年纪的领队屠夫在屠宰场里四处转悠着,指挥大家干活。他握着一把厚刃尖刀,上面被牛血和猪血染得通红。最早被屠宰的那头南方牛,它的皮毛已经被三个屠夫剥取得差不多了。站在稍远一点的地方看，但见那副毛皮上升腾起白色的热气。另一边，一个拿着扫把的男人正在清理屠宰操作间地板上的血迹，还有屠夫正在打磨厚刃尖刀。寒冷的阳光从装饰着稻草绳的廊檐照了进来，粗壮的梁柱，还有旁边并排躺卧在地的牛、身穿白色工作服的屠夫们的肩膀都沐浴在日光中。

这个时候，一个屠夫用厚刃尖刀划开了南方牛那白色的腹部，蛋黄色腹膜包裹着的内脏噗呲噗呲溢了出来。有屠夫负责在牛蹄的关节部位下刀，将之切下来扔到地上。有屠夫从牛身中部入刀，开始分割牛肉。从牛的身体里流淌出的脂肪，混合着牛血的气味，飘散到整个屠宰场。

其四

我目睹了用分割的方法将红色母牛吊挂起来的过程：用锯锯开牛的腰骨，在骨头缝隙中插入木棍，再在牛后蹄上捆绑绳索，将牛倒挂着用滑轮吊上去。三个屠夫牵引着绳索。

"快点儿啊！拉滑轮啊！"

"啊呀，看来还是要先把牛尾巴切下来为好啊！"领队屠夫说着，亲手切断了牛尾巴。

有人喊着："快点儿，快拉滑轮！"有人回应着："好了，马上好了！"母牛的身体就这样在梁柱之间被吊得越来越高。屠夫从脊柱中间将牛对半砍开，嘎吱嘎吱，像是在锯割冰块。

"锯不动啊。"

"是锯子不快，还是你的手上没力气啊？"领队屠夫说着，眯着眼笑了起来。

警察进来了，孩子们纷纷怯生生地望向屠宰场，狗也呆呆地看着眼前的一切。警察跟遇到的每一个人说着"过年好！"，然后朝着那间有火盆的小屋走去。兽医看了看乱哄哄的屠宰场，冲着大伙儿说道："哎呀，大正月里的，大家也都好好收拾一下自己吧！"

身穿白色旧工作服的屠夫们看着兽医，应和道："好的！"

"总是穿着像是酱油煮过的衣服，那可是不行啊！"

南方牛已经被分割成四大块，每条牛大腿都被吊在屠宰场最里面。领队屠夫拿来印戳铁皮箱，给牛的大腿肉盖上圆形的大黑戳。

被屠宰的牛，就这样变成了人们习以为常的"牛肉"，这有点不可思议。猪也是一样，刚才那头发出令人烦躁的悲鸣之声的猪消失了，取而代之的是鲜红的猪肉。南方牛血迹斑斑的头盖骨，被屠夫随手扔到了角落里，屠夫正在用海绵清洗上面的血迹。已经被剔掉了肉的骨头，被屠夫用厚刃刀就像是劈柴一样，劈成了四块。忙碌过后，领队屠夫洗了洗染满血迹的双手，从腰间取出烟草，一边尽情地抽着，一边看着大家干活。

"把这些东西都收拾到那边去吧！"兽医嘱咐屠夫将大包袱一般的内脏收拾干净。梁柱下只剩红牛的尾巴、牛皮，还有两只小小的牛角。

肉店的年轻伙计们将厢式货车咣当咣当地开进了庭院中，在车厢里铺上席子，把牛骨扔了进去。

"十贯①六百——八贯二百——"这时屠宰场后传来一阵朗朗的报告重量声。两个屠夫抬着一台巨大的秤，正在称量南方牛、杂种牛，还有红色母牛的净肉重量。肉店老板拿出一个账本，将这些数字一一记录在案。

牛肉、脂肪，还有牛血的气味在整个屠宰场中弥漫开来。有人正在一角，将腿伸到水桶里，洗去粘在上面的牛血。母牛的所有部位都被收拾停当，装上车运往门外去了。

"三贯八百——"

最后称的是一条猪腿。正如肉店老板所说，牛几乎不会浪费，连头盖骨都可以卖出去用作肥料，内脏和牛角之类则是屠夫们的小福利了。我们两个一边听老板解释屠宰行当的这些内幕，一边并排走出了屠宰场的大门。在萧索的桑田之间，一阵又一阵狂躁的犬吠此起彼伏。肉店货车满载牛肉和猪肉跑远了，车的轰鸣声响彻四方。

---

① **贯**：重量单位。1 贯等于 3.75 千克。

第十部分

沿着千曲川

直到现在为止,我跟你讲述的有关浅间山脉和蓼科山脉一带的风光,山脉之间那落差巨大的峡谷,你大概能想象得到吗?这段时间,我带领着你的心游览了浅间山腹地的风光,也告诉了你俯视千曲川的感受,还有逆千曲川而上,沿岸的崇山峻岭、古镇村落的乡野趣事。闲暇时,我还遍访了千曲川沿岸各地的风光,享受过探寻的乐趣。从岩村田出发,穿越香坂,翻过内山山顶,上州地区就可以一览无余了。依田川是千曲川的一条支流。顺流而行,翻过和田山就是诹访了。我也曾从灵泉寺出发,经过梅木山顶,游览了一番别所温泉附近的山水。我还跟你提过田泽温泉的故事,你也跟随我领略过千曲川上游主要地区的景色。接下来,我打算朝着下游方向,带着你的心到越后地区走走看看。

一月十三日,我坐上火车,从轻井泽的方角出发,越过冰雪高原才逐渐下行到了小诸城。你能想象,这列火车经过的一个碓冰隧道——也许应该说是一处山顶上的隘口——那里巨型冰柱林立的情形吗？接下来，在与寒带地区拥有相同气候特征的轻井泽附近的落叶松林里，我还发现了一种俗称"NAGO"的东西附着在树干上，看上去好像冰花一样。也请你发挥想象力，想一想它的模样吧。

火车离开小诸城时，月台上站立的车站工作人员们的呼吸都变成了一股股白汽。透过车窗玻璃，你能看到旱田、蔬菜田、桑田等，一切都被大雪覆盖着，而山谷最深处，深蓝色的千曲川日夜奔腾不息。村落中，家家户户的屋顶上都是雪白的，土墙却显得黑黢黢的，担着粪桶的农夫看起来寒战战的，正朝麦田的方向走去。火车经过田中站不久，往浅间山、黑斑山、乌帽子山一带的山峦望去，天空中灰蒙蒙的一片，只有连绵起伏的群山交界的部分看起来是稍显朦胧的白色。Unseen Whiteness——除了这个，我实在找不到更能准确形容那深邃天空的词了。车窗外映入眼帘的是一望无垠的麦田，沟壑里积满了皑皑白雪。这情形看起来犹如白雪描画出了一行行高低起伏的平行线，枯干的杂木孤零零地伫立其中。

这就是雪国独有的孤寂风景啊。火车已经驶过了犀川。由于有了这条河水汇入，千曲川显示出了大江大河一般的磅礴气势。那一天，犀川附近广袤的稻田、河岸边低矮的杨柳、白色土质的断崖，还有柿子树林立的村落，一切都掩映在白雪之中。这沉滞的风景也不全是白茫茫的，其间紫色中夹带着的灰色尤为引人注目。更远处的群山被覆盖在沉重而灰暗的天空之中，偶尔能望得到一点点它们的雄姿。在这一片雪景中，唯一能冲破这单调乏味的，就是随处可见的暗黑色森林和低空盘旋着的饥饿的鸦群。前方，灰色的雪云低垂。渐渐地，我竟产生了一种陷入微暗的雪国最底部的错觉。当火车离开某个小站之时，雪开始纷纷落下。

这趟旅行我并不是独自出发，而是与两个女孩子结伴而行。她们是我在小诸城的邻居，一个是小 I 姑娘，另一个是小 K 姑娘。据她们讲，俩人刚刚从小诸城的小学毕业，前往位于饭山的师范学校就是为了听课。她们还在透过车窗看到家乡就会有思乡之情，红了眼睛，发出啜泣之声的年纪。两个女孩子能够远离故土和亲人，踏上未知的旅程，去往那陌生的土地，这本身就是最励志的选择，一定是下了一番决心的。但是，她们毕竟还都处于豆蔻年华，时不时用手肘碰一碰对方，露出发黄的牙齿快活地玩笑，从背后搂抱着好朋友，以此打发无聊的旅途时光。真是一对天真可爱，无论是谁看到了都会觉得有意思的宝贝啊。连我也被她们感染了，不由变得快活自在起来。小 I 姑娘是我房东家的女儿。

我在丰野下了火车。这周围都是耕地，再往远处去，尽是绵延开去的原野，附近的小布施栗子林远近闻名。那一天，四阿山、白根山等山峦都被笼罩在氤氲之中，看不清它们的容颜。踏雪而行，路旁的梨树和柿子树的枯枝清晰可辨。不一会儿，就来到了一处位于斜坡上的村落。这真是一个远眺水内平原的绝妙之所。我曾经在一个秋天到访过这里，还记得丰收的稻田犹如金黄色的海洋一般，令人难忘。向对面望去，能看见奔流向前的千曲川上波光粼粼、精彩纷呈的风光。从这里还能远远地望见榉树林,无论是如头发一般黄绿色的树梢,还是黑黝黝的树干,整片榉树林都给我留下了难以忘怀的印象。冒着大雪,我们一直走到了蟹泽。直到这里,我才第一次看到了千曲川里的行船。

河 船

　　雪一直下下停停，终于变成了雨夹雪，雨雪混合在一起落下来。听着那淅淅沥沥的声响，我们等着发往饭山方向的班船出航。一个男人头戴棉质帽，脚蹬高筒草鞋。一个女人则穿着藏青色丝绵上衣，像是背着个乌龟壳似的。即便在家中，她头上也系着毛巾，这样的打扮正是这一带常见的风俗习惯。走出茶馆，伫立岸边，向远处眺望，上高井的群山、菅平高原、高社山，还有其他很多山脉若隐若现。对岸的芦荻已经干枯，河床中心地带隆起的沙洲完全被掩埋在雪里。深不可测、漫无边际的白色浪花一波接着一波，暗黑色的千曲川河水，像油一般流淌过来。千曲川流经小诸城附近时，撞到断崖绝壁后就会激起白色的浪花。我眼前流淌的与小诸城那里的难道是同一条河吗？正在我胡思乱想时，眼前的千曲川已经陡然生出了大河的气势。上游处多见高耸的吊桥，而此处常见的则为舟桥。

　　乘客越聚越多，我们沿着积雪的悬崖向下走，终于来到了乘船处。低矮的河船里，人们挤挤插插地促膝相对而坐。船家摇橹的声响，甲板上船工来回走动和说话的声音，这一切都让我产生一种悠闲自在、不慌不忙的惬意之感。从船舷的窗户望出去，雨雪纷纷落在河面上。天光在水面上反射形成一波波耀眼的银白色。

我们就此离开蟹泽继续前行。在一个名为上今井的地方，有两三位乘客正伫立岸边等待渡轮。船家哗啦哗啦地趟着水往岸边走，将男女乘客背到船这边来。这时，我似乎能听到船底离开河底泥沙的声音，船家的橹声再一次响起。声响传遍千曲川寂静的河面，听起来似乎是牛在叫，那是船在吼叫啊。听着这声响，我眼前呈现了一幅想象中的画面。响声让我想起了同行的小 I 的名字，也想起了小 K 的名字。两个天真无邪的小姑娘也在愉快而欣喜地听着这声响。两岸被白雪包裹得密密实实，我眺望着四散的村镇农户、杂木林，还有森林，有时还能望得见岸上脚步匆匆冒雪前行、身着防雪服装的行人。这一带我曾经到访过，也沿着河岸走过。那时正值豆麦成熟的季节，路旁常见的就是低垂着脑袋的成熟豆荚和麦穗。对了，对了，那时我还俯瞰过很多贴附在河岸下方的低矮的杨柳，透过秋日里杂木林那一闪一闪的霜叶树荫，我觉得像是看见了羊群一般。我所乘坐的船现在正经过这里。当船从低矮的杨树下潜行通过时，有时会响起吧啦吧啦的声音，那是因为贴近水面的杨树枯枝触碰到了船顶。

船里倒是格外暖和。虽然同处雪国，但同高原地带相比，这里的气候明显不同。尽管如此，雪还是下得很深很厚。午后的光照，将对岸群山那略带紫色的灰影投到了水里。我打开了船舱的舷窗，听到的是窃窃私语一般的水波声，看到的则是河水从船舷边匆匆流过。这艘船涂着白色的油漆，两条船舷则被刷成了红色。

前方出现了一座舟桥。我们的船毫无障碍地从桥下面穿过。

远处就是黑岩山。在我们眼前铺展开来的是宽广无垠的千曲川，以及沿岸的村村落落。皑皑白雪之中，不时还能听到鸡鸭的鸣叫。农户家的炊烟已经袅袅升腾。那里就是古老的饭山城。

雪之海

一夜之间雪的厚度就达到了四尺，整个越后地区的雪大概都是如此了。来到饭山一看，发现整座城镇完全被覆盖在白雪之下。或者说它是一座雪中挖掘出来的城，也许更加恰当吧。

之所以饭山城让我感觉像是从雪堆里挖掘出来的一样，是因为小城的街道上都高高筑起了雪山。家家户户都将自家房顶上的积雪清理下来，不断地向街道堆积，久而久之，这些雪堆得竟然比屋脊还要高，形成了一座又一座雪山。最后，街道正中间形成了一大段犹如白色墙壁一般的雪墙，并且不断延伸。每家都会在自己的屋檐下搭建起檐下通路，让出门办事的人往来通过。所以，屋内光线之昏暗，大概你也想象得到吧。另外，有些人家还会将高高的苇帘挂在房前屋后，包裹住整栋房屋，这样一来，屋里就更加昏暗了。我把两个小姑娘安置好，独自来到街上逛一逛。此刻正值灯火在雪中一盏一盏点亮之时，我抬头仰望苍穹，发现天边那微暗的灰色中略微带着一丝红色，像是远处火光映照着阴云密布的天空似的，那正是夕阳反射过来的光。

雪烟也是这一带独有的风景。实际上，它是一种笼罩在人们头顶上说不清道不明的东西，令人心情阴郁。生活在这里的人们笃信神灵，我认为那也不是偶然的。这个小城中有二十几家寺院，同样地处信州，人们却觉得来到这里犹如到了上方[①]一般，就连遣词造句、言谈举止都有别于高原地区。

我在这个雪乡兜兜转转走走看看，直到天色渐暗。在这里，人们通常并不使用板车运载货物，他们用的是雪橇。这种用马匹牵引的雪上运输工具真是太新奇了。人们头戴香蒲叶编制的斗笠，鼻梁上架着墨镜，小腿上缠着香蒲绑腿，脚上蹬着雪鞋，还用毛毯包裹着身体，一身防雪的装扮，从我身边匆匆走过。

这时，又开始下起雨夹雪。我来到千曲川岸边一看，在河船靠岸的地方，那条通往对岸的曲曲折折的长舟桥上，唯有人们脚踩白雪留下的足迹形成了一条茶色的印记。偶尔我会遇到穿着雪鞋的男人。但是，多数时候并没有人影。高社山、风原山、中泽山，还有信州和后越交界之处的崇山峻岭，只能隐约看到山的形状，远处的村落早已被掩埋在大雪之中了。千曲川寂静无声地流淌着。

但是，脚下踩着雪依然会发出沙沙的声响。当我踏雪来到舟桥上观看时，意外地发现，桥下的流水竟如离弦之箭一般急

---

① 上方：在日本，关东地方的人称京都、大阪为上方。亦指京都、大阪地方和广阔的近畿地方。

速奔腾。站在这里望向河岸上的原野，真是一片雪的海洋——是的，白色的海洋啊！那种白色，并不是单纯的白，而是一种寂寞的不知深浅的白，是一种看上一眼，就会让你浑身战栗的白。

爱的印记

在饭山,我听闻了这样的传说:手绢是一种爱的印记。一旦两个人缘分已尽,就会将手绢一撕两半。因此,这一带村镇的女人格外珍视手绢,对于随便丢弃手绢的行为十分反感。

这样的习俗,同判定事物吉凶祸福的传统颇为相似,却是一个温馨纯美的风俗。

到山上去

"所谓水内就是古代所说的一片沼泽吧——饭山一带的城镇都是建在砂石地之上的。你向下挖开土地,马上就能得到证明。"

最近,我听了太多这样的乡野传说。第二天一早,还是留下与我同行的那两位姑娘,一个人离开了饭山城。跨过舟桥,站在对岸遥望饭山城这边的城山。岸上的桑田尽数被掩埋在大雪里,于是我就乘坐雪橇在桑田里尽情地穿梭滑行。这种雪橇,就是去除人力车的轮子,代之以雪撬板,雪撬板通常由坚硬的房梁木板制造而成。雪橇上有前舵柄和后舵柄,需要两个车夫配合操控,或向前推或向后拽。由于雪橇低矮,所以一旦舵柄高高地举起,乘客就会被颠几个屁股蹲儿。正是这种乘坐起来一点也不舒适的雪橇,为我的旅途平添了许多意外的喜悦。我怀揣着孩童一般的好奇之心,听闻着车夫们急促的喘息声。雪橇疾驰在冰冻的雪地上,我感到自己和雪橇一起被抛向了桑田之中。

车夫们嘿呦嘿呦的号子声,雪橇在雪地上滑行疾驰的声响,还有车夫们踏雪而行发出的咯吱咯吱声,在我耳边响起,这声音让我感到从未有过的快意和舒畅。那一日我们乘坐河船来到此地时,望见的岸边雪景,这一刻都在我的眼前静静地回放。

临近中野时,我下了雪橇。大道上仍有积雪的地方,我的脚踩上去并不觉得冷,而那些被行人踩过的混合着黄泥巴的路面,则令我感到寒气逼人,甚至连脚趾都被冻得麻木了。离开饭山时,亲切热情的旅店主人给了我一双雪鞋,恰好可以穿在草鞋外面。

一月十四日,各个村落都在庆祝"祈丰节"①,主要用一种叫作"水草"的木头制作成红木条,然后用米粉在上面捏成茧蛹的形状,最后把红木条装饰在神龛上。据说这是养蚕之前的庆祝仪式。

回来之时,太阳光太过耀眼,又因为雪地的反射作用,让我着实感到烦恼不已。这一天,连千曲川的河水看起来都泛着黄绿色,浑浊不堪。

从丰野返回时依旧乘坐火车,随着向山上行进,我逐渐感到越来越重的寒意。但是,从微暗氤氲的雪国回到天空渐渐透出些许明朗的山上,我终于可以长舒一口气了。

---

① 祈丰节:日本正月十五前后,用年糕、稻草、树枝等做成农具、农作物的装饰物,以祈求丰收的活动。

第十一部分

住在山上的人们

其一

我从饭山回来时走的是条新道——同这回乘坐雪橇的归家之路恰好是相对的——途经一个叫静间平的地方，那里是一片枯黄的稻田。我在一家远离村落的茶店歇脚，这茶店恰好位于去往善光寺的途中。店家问我："您是僧人吗？"我哑然失笑。与我同行的画家 B 君身着从外国购入的洋装，口袋里装着写生本，却戏称自己是个僧人。茶店老板娘被他说得有点丈二和尚摸不着头脑。我越是发笑，老板娘就越是觉得我们俩是僧人。"假若僧侣的生活如同世俗之人的话，我们也该拥有各自的活法吧。"老板娘用半是羡慕半是戏谑的语气说道。她的这番话，大致反映了从饭山到长野一带的僧侣生活的一个侧面。

以上就是我要与你讲的最近饭山之行的见闻。这里人对神佛深信不疑，在这么个山间小镇竟有二十余座寺院；在如此保持旧式生活习俗的地方，人们总有一种来到了上方的感觉。这样古朴的生活风气，又是如何在激荡巨变的时代潮流中，始终如一，不曾改变呢？尤其特别的是，生活在这里的人要在大雪中度过漫长冬季，与这样的气候风土、地势位置相适应的，就是人们的内心总会留存一些宗教信仰的痕迹，这一点是不争的事实。这些就是我在千曲川下游地区旅行时最大的感受。

在长野，我曾参观过善光寺那巨大的寺院建筑，并观赏过寺内举行的"祈丰节"祭祀。另外，还在远眺风景的绝妙之处——往生寺游览过。但是，寺院内到底住着怎样的僧侣，我并不知详情。在饭山旅居期间，我曾拜访过一位德高望重的高僧，与他共同生活的老妇人也是非常令人尊敬的长者。他们夫妇二人运营和管理着一座古老庞大的寺院，虽然上了年纪，却依然坚持正常礼佛。我参观的那天，听说恰逢某位施主家举行法事活动，于是，我看见一位男子来寺院中借用佛像。他将那佛像郑重地放入箱子里，再小心翼翼地用包袱包裹好箱子。虽然只是一件小事，我还是感受到了寺院中的古朴之风。

你听说过有人前往印度进行佛教遗迹探险之事吗？探险者中有一位僧人，就是这位寺主的儿子。寺主的女婿也跟着进行了探险活动。那小伙子还是一位学士，虽然体弱多病，但仍然坚持跟大家一起行动。在探寻了印度国内和锡兰国的阿育王遗迹，返回英国途中，不幸客死异乡。纪念那位学士的美术明信片仍然留存在饭山的很多寺院中，上面记录了热带苦旅的诸多艰辛，尤其令我动容。听说老寺主的儿子去服兵役了，因此我没能见到他。在这充满了陈腐之气的寺院中，居然产生了如此新式的人物。不过，我能想象得到，在这些年轻人身后，依然有像老寺主夫妇一样的父母或岳父母们，在寺院里过着几十年如一日的宗教生活。

如今，饭山这个地方依然保留着古老的宗教气息。这里的人们虽然苦恼于如何维持二十几处寺院的运营，但仍旧保持着传统的旧式生活方式，这绝对不是偶然发生的事。听那位老寺主讲，在饭山过去的老城主中，也有人年纪轻轻就厌倦政治而裹上僧服，一生致力于佛教的传播。我还听说，包括白隐、惠端在内的很多优秀的宗教家，都与这里产生了深厚的历史因缘。

以上这些故事在高原地区几乎是听不到的。因为，没有饭山当地这样的民俗习惯，也没有这样深厚的历史背景，更没有这样高擎佛法之灯的得道高僧。我曾经在小诸城附近遇到过几个僧侣，但他们的行事风格竟然同社会上的凡夫俗子没有什么不同。养蚕时节来临之时，寺院的大殿旁也要架起高高的蚕棚，僧侣们也需要劳动，通过辛勤付出为漫长的冬季做最充足的储备。

其二

普及学问是这个地区最值得夸耀的大功绩。在山间，你可以看到很多供儿童学习的高大校舍，这样的风景在其他地方恐怕难得一见。校舍有时也会被用作公众讲堂。小诸城也拨出大量的城镇建设经费，修建起了绝不逊色于其他城镇的大校舍。那高大的玻璃窗，在城中醒目之处闪耀着熠熠光芒。

在尚学之风的影响下，许多年轻人希望成为优秀的教育家也就可想而知了。很多崇尚学问的年轻人因为无法摆脱家庭琐事的羁绊，不得已只能谋求在家乡安身立命了。从长野师范学校每年的招生数量来看，确实有相当多的青年选择了这样的发展道路。甚至连我所在的学校也有很多学生前来学习一到两年，就是在为此做准备。

归根到底，这座大山里盛行的就是尊重学者的风气，即使是小学教师，也可以获得比其他地区更丰厚的薪酬，从社会地位的角度来看，教师也可以得到当地人的尊重。仅凭这一点，生活在大城市的教育家们就无法比拟。就连从事纸媒记者工作的人都会自称为"老师"，听从长野一带来到这里应聘的纸媒记者们的演讲或报告，也并不是多稀奇的事。只要你有一技之长，人们就会主动从你这里吸收新知识或新信息。小诸城附近常会为迎接有识之士举办欢迎会，这里就像是古代的隘口关卡一般，不允许这些人马马虎虎过去，一定要让他们雁过留声，人过留名。

得益于此，我来到这里后也能聆听各领域专家学者们的演讲。听说已故的福泽谕吉先生也曾来到这里，讲述了自己游历各地的旅行见闻。这件事我是听我们学校校长提起的。一位从朝鲜亡命而来的客人也常常在这里驻足。如若哪位旅行到此的书画家旅资有困难，当地人都会解囊相助，于是渐渐形成了这样的习气。军人、媒体记者、教育家、美术家等，在这里都一视同仁，成为受到热烈欢迎的人士。

如此这般，无论是谁都被无差别接纳和款待，对于当地百姓来说，也成了沉重的负担。此外，由于地方性的单调制约，即使气质品格完全不同的人，到这里也只能讲同质的话题。

之后不久，我在佐久附近遇到了情绪特别消极的人。在这个地方，既有悠然自得、不拘小节的人，也有倔强、爱穷根究理的人。

我们经常听人们议论："为什么信州一带的人爱讲死理呢？"我想，只是因为生活在这里的人总是对生活充满热情吧。也真的有人会因为一丁点儿小事情而颤抖不已，坐立不安，就像朔风掠过橡树，吹得叶子哗啦啦鸣响一般。我刚到小诸城那会儿，城里的有志青年间盛传要兴办青年会。大家聚集到光岳寺的大殿之中展开了热烈的讨论。我们学校的I老师等人，同年轻人们唇枪舌箭，一直激辩到天色渐暗。最后，大家都累得精疲力竭。虽然制定了规章制度，但是到头来，这个所谓的青年会还是流于形式，不了了之。

另一方面，一直保持着平常心，不为任何事情动摇的人，非我们学校负责植物课的T君莫属。他是一位真正的学者，拥有甘于寂寞、平静如水的心境。无论遇到什么场面，我都没见到他的表情发生任何变化。他的家乡在距小诸城有一段距离的名为西原的小村。每次遇到T君，我的内心都会无比安稳和平静，比在校园中遇见任何人都要好。

其三

从事警察和铁路事务工作的人大多是外来的移居者。而负责小镇和平与安宁的署长，大多也来自其他地方。这里的巡逻警察也有出身于当地的人，他们的皮靴总是发出咔哒咔哒的声响，听起来令人倍感亲切。

　　铁路部门的人，将火车站周边打造成了另一个世界。可以说，除了忍耐力超强的越后地方的人，没有谁能够忍受得了铁路上生活和工作的艰辛。我遇到一位家住大手町，并且能说会道的盲人按摩师，从他那里听到了很多关于现任站长的故事。他是从新桥搬迁到直江津的，在当了五年列车员后，又干了七年副站长的工作。这时我才了解到，原来同样是生活在山上的人，竟还有人做着这样艰苦的工作，过着这样与世隔绝的生活。

　　"这都是前任站长留下的故事喽！"按摩师说着，为我讲述了一些前任站长的逸闻趣事。"那位站长曾经在越后从事酿酒工作，还当了一段时间的仓库保管员，不久后出人头地来到这里，担负起了站长的职责。有一次，他指着葡萄酒瓶上的贴纸，冲着报务员说：'怎么样，你能不能把这个读一下啊？如果读得好，我就奖给你一升葡萄酒。'报务员知道这位站长先生并不懂英语，于是故意推说自己也不会读，请站长不吝赐教。还说无论白酒也好葡萄酒也罢，都由他来请站长品尝。'哼！是吗，你连这个都不会念啊，那怎么能担当得起铁路报务员的工作呢？'站长扔下这句话就走了。事情也就不了了之。如果当时报务员受到站长的谴责和抢白，并诚心想喝酒的话，他就会红着脸走到站长面前说：'刚才我真是太失礼了。不怕您见笑，这上面写的是最简单的英语啊。'于是非常流利地脱口念出贴纸上的信息。'嗯，是这样啊！原来这上面写着这些啊！你的确是个才子！我到现在竟都不知道，你有这般了不起的学问呢……'站长如是说道。"

这场无谓的争论之后，站长和报务员两个人已经完全对立了。没过多久，站长自觉无趣，离开这里，去往小诸城了。

　　铁道线旁站立着的扳道工，正是在这山上度过寂寞生活的外来户们真实生活的写照啊。他们通常是工作两天，休整一天，这实在是一份劳苦不堪的工作。我每天从学校往返，都会经过怀古园附近的铁道路口，总会看到值班岗哨旁孤零零的扳道工站在那里值守。

柳田茂十郎

提起上一代柳田茂十郎,人们总会将他当作佐久一带的商人典范不吝添油加醋。茂十郎那样的人,总是能将佐久的地方风土和气质最大限度地发挥出来。

作为名扬四海的商业奇才,他曾因为一时不慎,沦落为豆腐店老板。能做到这样风云起伏,也许只有茂十郎这样的人物了。他最初在小诸城经营豆腐店时,没有谁同情他的遭遇而照顾他的生意。据说,茂十郎家原本经营的是酒坊,因觉得酿酒业盘活资金的能力实在有限,遂转行改作茶商。他十分重视遵守时间,对方稍有迟到或浪费时间,他都会转头就走。他将店铺分别交给几个儿子来经营。他健在时,每个儿子都要规规矩矩地将房租上交,直到去世后,各个店铺才归属儿子们。我还曾听一个女人说,每一位到过茂十郎家的人,在他去世后都获得了一份他预备好的遗物。我每次碰到我们学校的校长,他都会给我讲起茂十郎的趣事。比如,茂十郎被叫去参加酒宴,他会当着满堂宾客的面说："我可是不会白白浪费酒的！"说到高兴之处，校长会学着茂十郎的样子，一手握酒壶，悠悠地说："酒嘛，总是能喝多少就倒多少，这样是最好不过的。"

无论大事小事，茂十郎总是以这样的腔调说话，以这样的风格行事。

佃农之家

我同学校的勤杂工约好去他家里拜访。小辰告诉我,等到缴纳地租的那一天,他会来看望我。

从小诸城新町的大斜坡走下来是一个浅山谷,水车磨坊就建在小河岸边,而河岸对面就是小辰的家。他家庭院里铺设着草席,上面堆积着小山一样的稻谷,小辰兄弟二人正在奋力干活。

在一位热情的老农的陪伴下,我终于走进了佃农昏暗的房子。房内有一个猫窝,还有一个稻草编织的脚炉模样的东西。这些陈设对我来说都非常稀罕。为了表达谢意,我带去了一点小礼物。老农特意将我的礼物供奉到客厅的神龛前,摇响了铃铛,然后坐回被炉边开始与我聊起来。一个态度冷淡、不善言辞的女人也默默坐在被炉旁,她看起来五十岁上下,身材消瘦。她身旁坐着的就是小辰的小女儿,那孩子正在专心致志地玩着。这位沉默寡言的妇女,还有蹲坐在炉灶旁、腰间系着细腰带的姑娘,听说也都住在老农家里。我并没有特别在意她们,而是专心听老农的话。

　　相比上州和信州的农夫，这位老农健谈又风趣。他跟我讲了很多有关农具呀，地主和佃农之间的关系呀之类的事。据他所知，新町附近的佃农中出现了一个罢工同盟组织，他们时常会搞一些罢工活动。当我问老农为什么佃农们对地主存在不满情绪时，他解释道："一般说来，这一带将一百坪土地称为'一升种'，每户人家按三百坪土地计算。而一升稻谷以二百八十坪计算征收地租，所以一户佃农实际占有的土地就不足三百坪。在这种情况下征收地租，实际上就被以打折扣的方式克扣了所交地租，能够跟地主平分所得的实在是极少数。久而久之，这种情况就引发了佃农的不满。愚昧无知的佃农其实也会暗中报复地主。例如，在稻草包里塞石头块，以此来增加重量；对稻草包进行喷雾处理，为的是让它看起来醒目而闪亮；或者是不管稻穗是否丰满，只顾让稻秆长得越长越好；等等。各式各样的恶作剧也让地主们叫苦不迭。这番折腾下来，结果就会出现'三四月无粮食'的惨状了。话虽如此，现在又到麦收时节了。"

　　"但是，每当定屋先生（地主）来我家时，我一定会买一升酒，即使没有什么特别的好东西，还是要端一些可口的食物奉上。今年这些事都交给我儿子办理了，真不知道那小子会怎么处理呢……我当年大概都是那么做的。"

　　老农笑着对我如是说。

　　我俩正聊着，只听门外响起了小辰的说话声："赶紧去吧，快点请定屋先生过来。"阳光突然从门口射进来，昏暗的南向窗户明亮了。"啊，阳光照进来了！刚才天空还阴沉沉的，像是马上就要下雪,转眼间天就晴了。"小辰兴奋地感叹道。

腰系细带的姑娘掛好茶端到我们面前。这时,被炉边那位沉默的妇女蓦然站起身来,扭头朝厨房方向走去。

老农小声地嘀咕道:

"我啊,这不是常年一个人生活嘛,平时也不跟什么人来往。毕竟上了年纪了……所以有人劝我说,让她留下来吧,我就半推半就地接受了,和她一起过日子。可是,我儿子不高兴也不满意,私底下总是抱怨怎么跟了这么个女人生活。"

"平日里你让她给你做饭吗?"我问老农。

"我想大家都会这样想吧,但是我没有让她做这些。要是让她做饭,那她都会吃光的……我可是很精明的呢。可是,大家都不理解,总觉得我这样做是苦了自己。"

古旧洋伞的棉缎装饰花边被罩在了被炉上,老农一边轻轻拍打着被炉,一边絮絮叨叨地说着。他上了年纪之后,最大的乐趣就是相面算命,为乡里的农民们占卜吉凶祸福,比如,念着"六三咒语"祈求治愈身体的病痛。这位老农是十里八乡闻名的博学之士。我听他谈起关于《言海》①的内容,不由得大吃一惊。

"其实我也不愿意谈起不光彩的过往,我年轻时当过一段时间的车夫,偶尔一天就能收入八日元。那可是八日元啊!可是,转眼间也就打了水漂,消失得无影无踪了。年轻人嘛,都是喜欢强出头,摆阔气嘛。我这个人吧,但凡是人能干的事差不多

---

① 《言海》:1891年刊行的日本最早的近代国语辞典。

都尝试过，只有赌博和牢房的滋味没体会过——哎，只有这两样我没有经历过啊。"

就在老农谈笑之间，一个头戴黄色丝棉帽子，年纪五十岁上下的男人走进屋里，他穿着朴素的和服短外褂。

"定屋先生来了！"小辰喊道。

地主一进来，就凑到被炉边，暖和着身子。我起身准备出去，见那位姑娘正从水车磨坊那边过来。她过了小桥，顺手一甩，将量米的木斗扔在高高隆起的稻谷堆上。小辰这就开始准备缴纳年租了，他那只有五岁的小女儿跑到父亲身边，紧紧拽着他的衣袖不放。小辰一脸慈爱，用爱怜的口吻安慰着女儿。小姑娘战栗着，哭哭啼啼，嘴里含混不清地念叨着什么。

"不要哭啦，不要哭啦，妈妈马上就来了！"

"我的手好冷啊……"

"什么？手冷吗？那赶紧去被炉那里暖一暖！"小辰握着女儿冰凉的手，带她往屋里走去。

老农家狭窄的庭院里，面朝着山谷那边长着一排柿子树，这个时节树早已干枯，小河对面的水车用稻草包裹好，屋檐的导水沟滴下的水不知何时被冻成了冰柱，细谷川的河水也成了白色的冰凌。昏黄而寒冷的阳光透过柿子树的枯枝，照在堆满谷子的庭院里。那位上了年纪的地主用丝绵帽子包住满是白发的头，从温暖的屋里走了出来。他斜倚在南向窗户外戳着的一段木头上，哆哆嗦嗦地将双手缩进袖口里，两臂抱拢以求温暖，等着小辰兄弟俩准备年租。

"您看今年这稻谷的成色如何？"听闻小辰这样一说，地主赶紧伸出白嫩柔软的手，抓起一把稻谷看了看，接着将一粒谷子放入口中。

"嗯，还是有些瘪谷。"地主说。

"那是麻雀啄食的，可不是什么瘪谷。装上一草袋子称一称吧。"

地主把掌心的稻谷放下来，又将双手缩进袖口里。

小辰吩咐弟弟用簸箕将稻谷倒进圆形的米斗里，地主弯着腰，用一个叫作"土拨"的东西，认真抹平谷子，再进行称量。

"你过来装袋！一定得大声喊出来！没个交年租的样子可是不成啊！"小辰大声对弟弟说。"赶紧的，快点！加快速度装袋啦！"

"一升！两升！"弟弟高声喊起了号子。

六个稻草编织的米袋子并排摆在地上，一个袋子里大概装有六斗三升稻谷。小辰取来封装米袋的圆盖扣到米袋上，倚靠在米袋上，开始跟地主讨价还价。地主听着，眯缝着眼睛，一言不发，看起来脑子里在飞快地盘算着。机灵的弟弟朝小桥对面走去，不一会儿，他用包袱裹着酒壶，脸色红扑扑的，眯眯笑着回来了。

"啊呀，交年租啊。恭喜恭喜！"磨坊老板说着吉利话，来到了老农家。

为了不打扰小辰一家的工作，我走到一间堆放杂物的小房子前，这房子大概是收拾稻草的地方，我找了条草袋子垫在屁股底下，坐在那里，观看眼前发生的一切。只见小辰脚搭在草袋上，用稻草绳捆扎三个地方。弟弟也跑过来帮忙，干燥的草绳时不时就会折断。"哎呀，这草绳总是断，你这活干得有点不靠谱啊。"水车磨坊老板微笑着看着兄弟俩忙活。

"称一称这一袋米，看看有多重。"

"有多重？我估计一下，足有十八贯八百——"

"哦，有这么重？"

"要是真有十八贯八百的话，那绝对是上好的稻谷！"

"还有稻草袋的重量呢。"

"是的，当然包括稻草袋的重量。我当然知道它的重量。"

"我家的稻谷要是也有十八贯就好了。"

"不管怎么说，这里面九成可都是上好的稻谷。"

人们你一言我一语地讨论着。磨坊老板跟地主讨论了一会儿现在的米价，没多久，他穿着木屐从稻谷上踩过去，跟大家告辞后回家去了。

"怎么样，凭你这好体格，一下子扛起两个米袋，应该不成问题吧。"地主冲着小辰弟弟打趣道。于是，弟弟开玩笑似的一手抱起一个米袋，脸顿时涨得通红。

"来，请喝杯茶。"小辰对地主说着，同时也递给我一杯茶。地主摘掉丝绵帽子走进里屋，我也跟着他走进去，赶紧暖和一下冻僵的身体。

"六袋子米，得按每袋二斗五升交年租吧？"

老农坐在被炉旁，侧耳倾听着小辰说的话，顺势在地主面前解开包着酒壶的包袱，说道："何止要交二斗五升，那可是四斗五升啊。"

"四斗吧……"地主含含糊糊地支吾着。

"不对，也不是四斗五升。应该是四斗七升才对。对，是这样的……"老农确认道。

"四斗七升？"地主说着，看了看老农的脸色。

"啊啊，对，是四斗七升啊。"小辰说着，转身出门去庭院了。

大家聚拢在被炉周围。老农取出古旧的被炉板放在被子上，又端来魔芋和油豆腐煮的大碗炖菜，小碟子里放着袋装的辣椒粉。他用布擦拭了一下酒盅，又将酒倒进温酒壶中，对我们说道："这是凉酒，不是温酒——来吧，欢迎定屋先生光临寒舍。"

老农的语气非常轻快。地主将烟管插进被炉板下的缝隙里，一边品着凉酒，一边看着老农说："要是你媳妇还在，该多好啊。"

地主说着，脸上浮现微微的笑容。老农则是一副应酬的表情，附和道："我老婆离开已经二十五年了。"

"找个合适的时机让她回来吧。"

"嗯，您听我慢慢说。我老婆生养过七个孩子，但是都夭亡了……现在我身边这个小辰也是抱养的……怎么办呢。她趁我不在家的当口，把家里的东西都弄走了。哎呀，这都是男女间的纠葛，我也不跟她计较，都认了……可是虽说我都认了……总是这么偷东西，手脚不干净，可怎么是好呢？现在要是把她接回家里来，恐怕人们就要七嘴八舌地议论：'虽说这老头笃信神灵，但还不是贪图他老婆积攒的家产吗。'我讨厌被大家这般误会。再说她回来马上又会出现偷盗问题，我可绝对不能容忍，肯定又会闹得不可开交。你看！卦象上说，'家里会发生偷盗灾祸'，这可太恐怖了。"

这位老农不愧是佃农中的有识之士、博学之人，他谈吐幽默，为人风趣。与老农同住的那对母女一直在厨房忙碌着。地主很快将话题转向那对母女，毕竟她们与老农同住一个屋檐下。

"对了，那位是她的女儿吧？"

"她还有孩子。当时我看她们怪可怜的，就说一起留下来吧。这人世间的事啊，也真是奇妙……我都六十七岁了……这般年纪，要是再娶这样一个女人进门，难免会被人们说闲话议论啊。太难为情了——真是伤脑筋。"

"人啊，无论到了什么年纪，心境和情感都是一样的。"

托这些人的福，我得以在这个平日很少涉足的地方，见识到如此接地气的生活场景，度过如此美妙的时光。主人热情地招待我吃了用魔芋和油炸豆腐做的炖菜，没过多久，我就起身辞别了老农一家。

第十二部分

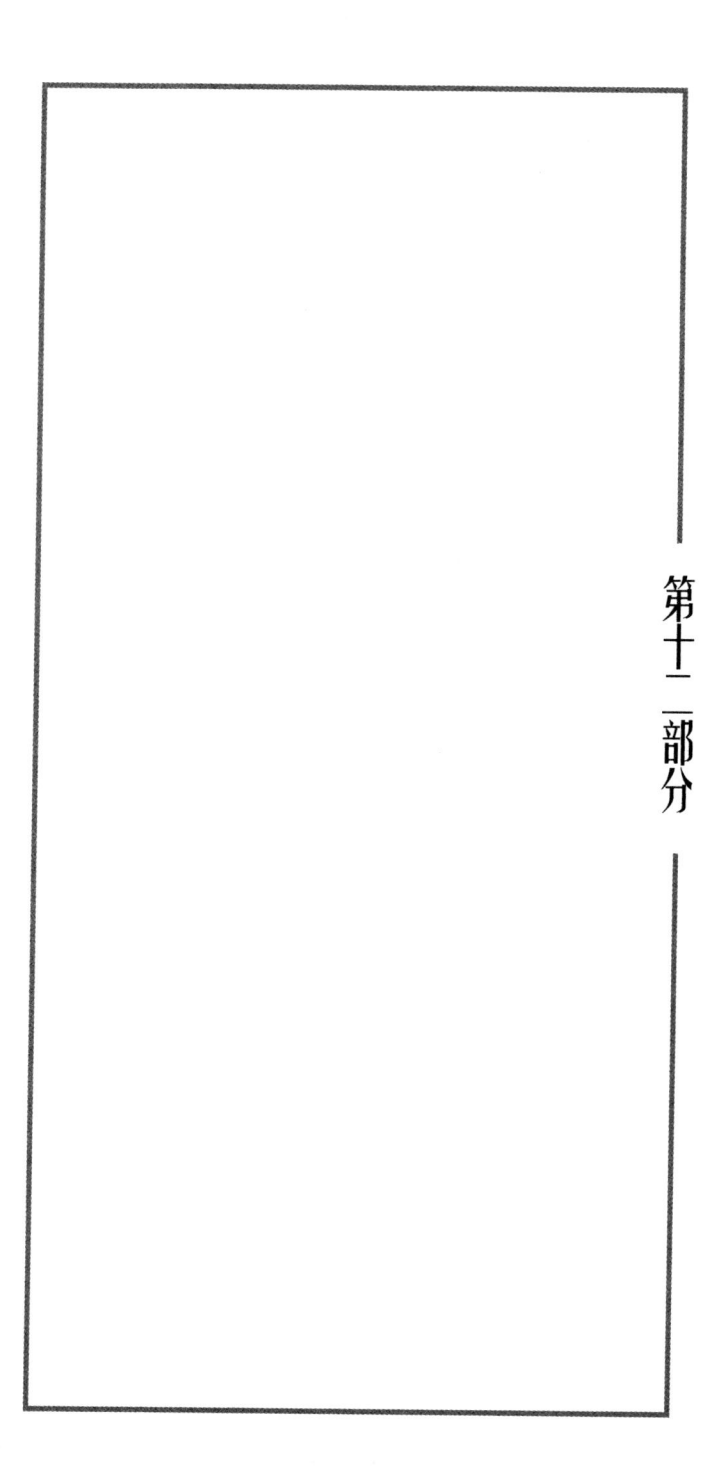

路旁杂草

每次在去往学校的路上（当然现在这条路被白雪遮盖了真实的样貌）或在洒满阳光的石头缝中，发现等待着春天来临的杂草，我都会感到一阵欣喜。在长猫冬的单调生活中，人们自然而然会对路旁的杂草心生好感。

在朝南或朝西的桑田中，最常看到的杂草就是叶片边缘镶嵌着一圈紫色的金莑草。这种草也被称为"车花"。在这种车轮状杂草长势繁茂的地方，比如白雪覆盖的河堤上，还能看到青色鸭儿肠的藤蔓。学校的勤杂工告诉我，老百姓常用青色鸭儿肠来做鸡鸭的饲料。石头缝里还藏着低垂着椭圆形青紫色叶子的鬼刀镡和像穿着防寒服的扁平状的火车草。在半枯半黄的魁蒿和各种不知名的枯草中，仍有一些或长或短的小草绿意盎然。从学校到当地士族的宅邸的一路上，河流都处于枯水状态，人们想办法引来涓涓细流，形成了一条小小的河流。这小河也从学校门前静静流过，走到河近处一看，一片片茵茵绿草展现着勃勃生机，比别处所见的都显得茂盛。

到底在怎样的世界里，这些小草才能露出脸儿来，甚至孕育细小的花蕾呢？你能不能回答我这个问题？大概从一月二十七日开始，直到二月六日，这里是最寒冷的。虽然我已经在这山上住惯了，这几天，我还是感觉手指被冻得僵硬。我终于病倒了，重感冒引起了高烧。山里气候变化的剧烈程度着实让我大吃一惊。雪不断降下，又在北面的屋顶和庭院里冻结了，看不到一点点消融的意思……我还看到土中水分冻结形成的霜柱连同泥土一起拱出地面，不断上抬的高度使一栋老房子的门窗都无法关闭，背阴处屋檐下挂着的冰柱足有两三尺长。裹紧外套，出门走一走，会发现呼吸形成的水汽给外套的衣领挂了一层白霜。在如此严寒的天气里，精力满满的麻雀仍在屋顶上飞檐走壁，狗儿也能在雪中阔步前行。

提起花草树木，我曾在小花盆里种过福寿草，放在壁龛里养着。我发现，当花蕾变黄，天气就会愈发寒冷；天气转暖，它就有了精神，昂首挺立；天气转冷，它立刻就没了生气，蔫巴巴地垂着头。最让我叹为观止的是南天竹，我将它买来插进花瓶中，即使酷寒将花瓶中的水冻住，它那红彤彤的果实仍在，叶片也泛着水灵灵的青绿色，饱满多汁，一副生气勃勃的样子，完全不受天寒地冻的影响。

你一定没见过牛奶结冰的样子吧？略微带一点绿色，乳香味也全然消失。在这里，连鸡蛋也会被冻住，打碎蛋壳，蛋白和蛋黄竟然凝在一起，像是沙冰一样。厨房水池中残留的水都变成冰水混合物，连大葱的根和茶叶渣也都尽数冻住。当微弱的阳光照射到窗户上时，拿着菜刀或者其他什么，将水池里的冰块咣当咣当敲碎的场景，在温暖地区居住的人无论如何也看不到吧。经过一夜，早晨醒来一看，水桶里的水大半已经冻成了冰块，将半冰半水的水桶放在太阳地里，可以轻松敲碎冰块，接着就可以重新打水了。腌萝卜、咸菜等也都冻上了，放在嘴里咀嚼，会发出咯吱咯吱的声响。有时人们不得不将各种腌渍食品放到热汤里氽烫一下再食用。那些佣人的手都发黑皲裂，皮肤裂口的地方甚至流淌着鲜红的血。他们打水的时候，通常需要裹好头巾，戴好手套。早晨你常常能看到，被抹布擦过的木地板上立刻泛起了一层白霜。夜深人静之时，听着房梁被冻裂的声响，我打算好好看书学习，结果却愈发感到彻骨的寒冷……

　　暴风雪来临之前，会有一段时间一反常态地温暖和煦。入夜时分，降雪的日子通常与雨夜不同，并不觉得孤寂清冷，反而拥有一些别样的静谧情趣。有时，或许你会度过一个温暖的雪夜，温暖得甚至让人怀疑梅花会一夜之间竞相绽放。与这一时的温暖相反，当积雪越来越厚，你会体会到难以忍受的彻骨寒意。当你来到白雪覆盖的田野，那里简直就是冰雪的世界、冰冻的原野。这个时节，连千曲川也变成白皑皑的一片，流水早已结成了白茫茫的冰。可是，冰层之下，你依然能够听到湍流向前奔腾的声音。

学生之死

我们学校的学生，一个名叫小O的青年突然去世了。我曾在仙台的学校里当过一年的教师，那时我还只是个二十五岁的年轻教师，当时教过的学生里也有一个突然去世了，我参加了他的葬礼。一时间，那时的情景一幕幕浮现在我的眼前。我和同事们一起朝小O家走去。一路上，这个年纪轻轻就逝去了的青年的影子一直萦绕在我心头，挥之不去。

小O家在小诸城一个叫赤坂的地方。去往他家的途中，我遇到了学校的同事，一位上了年纪的理学士。我们一同走过水彩画家M君曾经住过的那栋房子。这一带是旧士族的一块宅地，M君仅租住过一年，那确实是一个古老而幽静的住处。M君在小诸城逗留期间非常勤勉，创作了《松林的早晨》，还有很多其他题材的风景画。那时我时常到这里打扰他，欣赏他以这一带的风景为题材创作的写生画。在这处老屋中，我们还会谈论米勒的绘画，度过了很多闲暇时光。

沿着小河走下坂之町后，我们遇到了同样被邀请参加葬礼的T君和W君。据说，那天晚上小O到哥哥的裁缝店帮忙给纸拉窗糊纸，随后感到浑身发冷，寒战不断，但他没有放在心上。泡过澡后，情况越发不好，他开始卧床不起，高热累及肺部和心脏。听说三个医生为他会诊，从心脏里抽取的积水足有四合[①]之多。他拖着沉重的病体坚持了四十几天，终于不治，死时才刚满十八岁。以健谈著称的理学士和同事们谈论着小O的过往。由于母亲体弱多病，小O从十岁左右就开始照顾家里。早晨自己做饭，还要为母亲梳头发，收拾停当后再匆匆赶往学校上课。还有人说，他已经病得很重时，还不忘让家人将自己的被褥铺在随时都能看到母亲的地方。

小O的葬礼就在自家举行，低调而朴素。一月三十一日上午十点左右，赶去祭奠的都是亲戚、城里的熟人、老师，还有同窗好友等。小O信奉基督教，棺材上覆盖着黑布，上面摆放了十字架，最上面则是牡丹绢花的花束。在他的棺椁前，一群基督教徒正在吟诵赞美诗。按照顺序，依次祈祷，介绍生平，诵读《圣经》，朗诵的是《哥林多后书》[②]第五章的一部分。我们学校的校长前来致悼词，他讲道："人固有一死，但是失去了像小O这么优秀的孩子，真是令人感到惋惜。"当听到这些话，小O年迈的母亲手捧《圣经》，泣不成声。

我和学生们一起，将小O的棺椁送到了士族的墓地。他被

---

① 合：日本度量衡制尺贯法中的体积单位，1升的1/10为1合。

② 《哥林多后书》：《圣经新约》的一卷，共13章，记载了使徒保罗继《哥林多前书》后写给哥林多教会的又一封书信。

葬在一座满是松树的寂静小山上。在墓地里，信徒们又为他吟诵起了赞美诗。在那边的石塔旁，这边的松树下，平日与小O一同学习的孩子们，或是席地而坐，或是静穆站立，大家都凝视着墓地的情景。

温暖的雨

进入二月,下起了温暖的雨。

灰蒙蒙的云层压得很低很低,这一天多云,午后开始下起了雨,瞬间我就感受到了久违的温暖。这样温暖的甘霖若不接连下上几场,无论如何也无法抚慰我们对春天无比渴望的强烈感情。

天空中烟雨朦胧,擎着伞匆匆赶路的行人和湿淋淋的马儿从我眼前经过。平日里顺着屋檐滴落的雨水单调的声音,听起来也那样令人愉快。

我那因为寒冷而逐渐萎缩的身体,终于可以尽情舒展。我感到了难以形容的快意。来到庭院一看,脏污的积雪上响起春雨落下的声音。房门外,因为下雨,残雪正在融化,暗色的土地渐渐露出真容。田野慢慢地从冬眠状态中苏醒过来,又可以看到掺杂着沙子和泥土的地面。昏黄一片的竹林,干枯的柿子树、李子树,目光所及之处的诸多树木,无论树枝还是树干,全都受到了春雨的滋润，展露出刚刚苏醒过来的又黑又脏的睡颜。

　　河流中的水声，鸟雀的叫声，听起来都洋溢着朝气和活力。这是一场及时雨，连桑田里的桑树根都被滋润得淋漓畅快。泥泞的大地上残雪正在消融，在冬天彻底的土崩瓦解中，稍可以伸展一下腰身的柳树枝，最令人欢喜。夕阳西下，透过这些新枝嫩芽，我仰望南方的天空，灰暗中夹杂着一些昏黄的色彩。

　　入夜，听着温暖的雨水滴答落下，虽然略感孤寂，但是我想，无论如何，春天的脚步正在悄然临近。

北山狼及其他

每次和学生们一路前行,我总能听到很多乡野传说。一个学生跟我讲了北山狼的故事。据说它们的足印要比一般的土狗大得多,粪便中也会夹杂着皮毛和骨头,因为北山狼总以兔子和野鸡为食。经过风吹雨淋后,它的粪便就成了农夫们的"退烧药"。我突然觉得,自己被学生们的几句话带入了一个童话世界。

我还听说了一些乡野鄙事。这一带竟然有人干着将偷来的鸡鸭拿去贩卖的勾当。他们会在公鸡和母鸡觅食的地方撒下带着钓钩的饵料,等鸡将诱饵吃进嘴里时,一挑钓钩,钩住鸡的咽喉部位,再顺势一提,鸡就偷到手了。偷狗的事件也时有发生。用黑砂糖作诱饵,将别人家的狗逗引出来,然后杀了煮狗肉吃,皮毛则用来做褥子。

在学生们的讲述中,当地的逸闻趣事不断呈现。我常看见各家各户的神龛上摆放着无眼不倒翁。在上田一个叫作八日堂的地方，每逢庙会集市，就像东京的酉之市[①]那样热闹喧嚣，集市上有摊位售卖不倒翁。如果所愿之事达成，人们就会赶紧为不倒翁装上眼睛，再将其收藏起来。我曾在海口村一个奇怪的温泉旅馆里住过一夜，在那个偏僻的小地方，我居然也看到了供奉的不倒翁。

这里盛行养蚕，所以要进行关于蚕的祭祀活动。祭祀当天，人们会用米粉制成蚕蛹的造型，放在细竹叶上以示庆祝。

二月八日的道祖神祭祀，活动非常像儿童的节日。当地人的乡音很重，将"道祖神"说成"道禄神"。这个节日古老悠久而又天真无邪。那天，人们将点心放在稻草编成的马匹上，牵引着马匹，将其送到路旁的小神社里，因为那里供奉着保佑孩子们幸福健康的神仙。孩子们别提多高兴了！

[①] 酉之市：日本农历十一月酉日，东京"鹫（大鸟）神社"的庙会。

赔礼道歉

我们学校的校长在小诸城小学的礼堂里进行了一次演讲,借机发表了一些关于医生无用无能的言论。此举引起了轩然大波。虽然我没有现场聆听他的演讲,但后来听理学士说,他的那些言论带来了非常大的麻烦。校长也是一个久历世事、见多识广的人,他退居此地从事青年教育工作之前,有着非常丰富的履历。关于小诸城市建设的问题,他的意见不可或缺。就连守山附近的桃树田开发,校长先生也是出过很多主意,尽过很多心力的。总而言之,校长不但拥有强健的体魄、勇敢的灵魂,还是一位有胆有识之士。如此一位敢做敢为、秉性率真的先生,在演讲时情绪激动,用力过猛,把矛头指向医生,触及了医生群体的利益。心思缜密的理学士很是担心,特意跑到我这里商量该怎么办为好。

这天晚上,冈源饭店的小伙计送来一封信,是警察署长的亲笔信。打开一看,署长希望我去他那里一趟。关于这位署长有意斡旋，想出面调停矛盾之事，我也略有所闻。果不其然，冈源饭店二楼聚集了小诸城医生会的诸多成员。大家要求我代替校长，为演讲中的不当言论赔礼道歉。可我完全不知道校长先生在演讲中到底说了些什么，也就很难判断由我来赔礼道歉是否合适。如果他的发言确有不妥，需要道歉的话，那也应该由校长先生自己来做，于是我决定先回去听一听他的意见，再做打算。署长看到如此情形，突然离位，为了整个小诸城的和平，向在座的所有人鞠躬、致歉、赔礼。医生会的各位见状也都赶紧调整自己，坐直了身子。不知所以然的我虽然没有赔礼道歉的意思，但是面对署长如此诚恳的态度和深情厚谊，也不得不鞠躬以还礼。道歉仪式结束后，我从二楼下来，一边走，一边深切地感受到作为一名乡村教师的辛苦。他们真是太不容易了。

　　第二天，我拜访了在中棚的校长，笑着谈起昨天晚上被拉去替他道歉的事。而校长毕竟是校长，他面露愠色，不耐烦地对我说，完全没有必要理会那些人，更不需要道歉。到头来，我实际上干了一件两头不讨好的蠢事。

春天的前奏

一场春雨一场暖，从二月下旬开始一直到三月初，樱花、梅花的花蕾次第开放。北向山坡的积雪逐渐消融，原本暗灰色的地面慢慢变成了土黄色。令人喜悦的春雨降落后，那被打湿的梅树枝干上生发出了新的红色花骨朵。连那些整个冬天一直被大雪掩盖的茅草屋顶上的青苔，也都按捺不住自己，踊跃地返绿。令人心旷神怡的春风来得正好，轻柔地拂过人们的面庞。天的颜色越来越蓝，各式各样的白色和黄色的云朵，像是一群群绵羊，如同报春的使者般乘着微风款款而来。

我仰望着西南方向的天空，那边透露着浓浓的春天气息，特别是云朵的变化更是引起了我浓厚的兴趣。正当我以为马上显现的是一大团云朵之时，它们竟然逐渐变大，变长，越发明亮，接着向南方移动，消失得无影无踪。紧接着，在同一个位置，第二个云团又出现了，依然那般逐渐展开，变化，移动，走远，消失。乳青色的柔美天空中，略带灰影的白云逐渐浮现，那如梦如幻的样子，简直太美了。

星　空

　　黄昏时分，我远眺南边的天空，一颗星星闪烁着些微青色的光芒。这个季节，恐怕要到午夜十二点月亮才会升上天空吧。东方的天空只挂着一颗散发着红色光芒的星星。整个苍穹只有这两颗耀眼的星。我想，你一定也想在山上欣赏星空，体会那美妙的瞬间吧？

第一朵花

"热也好,冷也好,到了彼岸①就终了",这是当地人常说的一句谚语。但是,一提到"彼岸"这个词,人们往往会长舒一口气。因为大家都感觉,熬过五个月的漫长冬季,马上可以透一口气了。这个时节,无论是枯叶未落的橡树,还是怀抱着坚硬而巨大的花蕾,一直在雪中坚忍的石楠树,所有的植物无一例外都保留着对于艰难熬过严寒冬季的记忆。

从教室的窗户望出去,樱树的枝干上早已绯红一片了,红艳艳的花蕾含苞待放。回到家里,看看自己的庭院,土墙边上苹果树和柿子树围拢在一起,有一种怎么看都看不够的情趣。随着季节转暖,破茧而出的各种飞虫开始在房檐下成群结队地飞舞起来。我想跟你讲一讲那些不起眼的杂草。一进入三月,石墙缝隙里就会陆续冒出诸如黄鼠狼草、小豆草、

---

① 指春分或秋分前、后各加三天共七天的时间段。

魁蒿、蛇草、人参草、鸡儿肠、大荠菜、小荠菜等各种杂草，种类繁多，数量庞大，数也数不清。紧接着，在三月二十六日这一天，我终于在石墙缝隙的泥土里发现了又小又白的荠菜花，还有头顶着些许紫色斑点的无名花草。这就是我在山上看到的最早开放的花。

山上的春天

  冬储蔬菜就要吃完了,甚至连大葱、马铃薯也所剩无几,距离能吃上新鲜蔬菜还有一段时间呢。这个时期,除了每天早上喝一点裙带菜大酱汤,也没有什么更好的补充维生素的方式了。春雨淅淅沥沥地下了一夜,清晨终于天晴了,沿着屋檐下的土墙升起了一股青烟。我正要赞叹这真是一派春意盎然的蓬勃朝气啊,可是回过头一想,每天的饮食如此单调、匮乏,竟一时说不出任何赞美的词句来。提起散发着油脂臭味的冻豆腐,一看到墙壁上挂着的蔫黄色的豆腐,我就感到厌烦。一场小雪过后,街道上湿哒哒的,我走着走着,听到了一个女人的叫卖声:"美味的草味年糕[①],尝尝吧!"心情瞬间豁然开朗。

  三月底四月初这段时间,我曾去过一趟你所住的城市,接着又返回山上。

[①] 草味年糕:把艾叶捣在糯米中制成的点心,也称为艾糕。

我回到山上之后深切地感受到两地气候差异之大。东京樱花盛放时节，我乘坐火车经过上州一带，那里的梅花也绽放了，但一翻过碓冰山口来到轻井泽，眼前还是一派冬日景象。大山中的春天总是姗姗来迟，冬日的余味尽在我眼底。我透过火车车窗远远地眺望武藏野的遗迹，不禁发出这样的赞叹："啊——这春雨下得好温柔啊！"小诸城还不至于像轻井泽那样寒冷，随着火车逐渐接近，能看到地里长势喜人的麦苗。尽管这时的田间地头依然给人一种枯寂、空旷的感觉，麦田里，枯黄的老叶和青嫩的新芽掺杂在一起，可远远地望过去，真是一派好风光。

从四月十五日开始，我们终于可以尽情欣赏繁花装点的世界，在此之前，似乎一直在隐忍着的梅花忽然间漫山遍野盛放。紧随着梅花的脚步，进入赏花期的就是樱花，然后是李树、杏树，还有茱萸等，那雪白的美丽花朵竞相绽放，萦绕在我们身边，令人陶醉。每当我打开厨房的大门，来到庭院里，一阵阵沁人心脾的花香就扑面而来。我家庭院里的每一个角落都弥漫着花香，如梦如幻。我还带领学生参观了怀古园的名胜古迹，春天虽然短暂，但是它带来的如画美景令我们沉醉其中，难以忘怀……

后记

这本速写搁置了很长一段时间，一直没有发表。我觉得自己在信浓地区的山里生活期间，所作的并不多，没有值得出版的让读者品读之作。但是，我仍从其中摘选了一些适合年轻读者阅读的篇章，加以增补、修改和删减，每个月在《中学世界》杂志连载。《中学世界》是明治末年到大正初期，由西村渚山君担任编辑的博文馆出版的读物。

也正是在那个时期，我为这本书取名为《千曲川速写》。大正元年（1912）冬天，佐久良书房出版了一卷本，那是第一次将有关千曲川的所有作品集结成册与读者正式见面。

实际上，就像所有如饥似渴的旅行者一样，初到小诸城时，我从仰望清晨的高山，远眺白雪尚存的群峦开始——浅间山犹如牙齿般连绵不断的陡峭山峰、绿树成荫的山涧峡谷、古老残破的遗迹，还有那些淡如烟般萦绕在山巅的云雾——所有这一切带着朝霞之光映入眼帘之时，恍惚间，我觉得自己再也不是过去的自己了。不知不觉间,我的内心似乎升腾起了别样的感觉。

这些感觉后来都让我在回顾过往时,产生新鲜的渴望。恰好我的第四本诗集出版,我也在重新思考学习如何正确地看待事物,正因内心的渴望如此强烈,所以我过了近三年沉寂的生活。不知从何时起,我开始创作这些速写,将所闻所见记录在笔记本上成为我每天必做的功课。和我先后来到小诸城的水彩画家三宅克己在袋町新修了住所,并在那里居住了一年有余。闲暇之时,他还会去小诸城的私塾给学生们上课。在小诸城居住期间,他的绘画事业大有进展,我记得他那幅名为《早晨》的描绘怀古园附近松涛的画作,已经被送给白马会①展览。我还曾拜托他买过一个画家常用的三脚架,时常带着这三脚架去往郊外,在日日常新的大自然中不断滋养身心,修行品性。浅间山麓的高原、火山石、沙砾,还有猛烈的狂风,催生了我的这本速写集。

在这里,我要记录流逝的岁月。《文学界》②旧日同仁们的工作,从我自仙台搬到东京之后,就已经宣告结束。然而,我们坚持了五年之久的工作,时至今日反而意外地得到了人们的认可,我还了解到,那些工作被称为"年轻的浪漫"。今天,当我们再次回首那个时代,会发现人们这样称赞是有缘由的。无论如何,当时的我们都是初出茅庐的新手,缺乏实践经验。

---

① 白马会:日本明治后期以西洋画家和雕刻家为主的美术团体。明治二十九年(1896)由从法国留学归国的黑田清辉和久米桂一郎创立。1911年该团体解散。

② 《文学界》:创刊于明治二十六年(1893),被称作近代日本浪漫主义文学的大本营。最初的发起人是浪漫主义诗人北村透谷。

每当回想起当时自己的所作所为，我都会不由得惊出一身冷汗。我们欠缺很多历史精神，若那种精神不曾缺乏，那么无论是在追随本国的历史经典，还是在追随西欧的文艺复兴，或许我们都更能行稳致远。正如平田秃木①君所言，上田敏②君是《文学界》中诞生的唯一学者。但是，纵然上田君以学者的态度努力工作，却仍未能完成我国自己的希腊研究，这实在令人惋惜。西欧文艺复兴研究是通往希腊研究的必经之路，我想像上田君这样的学者也一定做好了准备吧？然而，他未能在这个方向上继续深入下去，而是转向了近代象征诗的介绍和翻译。

创作这部作品之初，我收到东京的冈野知十君赠给我的俳谐杂志《半面》。这本新出版杂志的创刊号上登载了斋藤绿雨③君撰写的文章。绿雨君的俳谐笔下还言及我的近况：

他现在也寄居在北佐久郡，但是称他为乡巴佬，那肤色又过于白了。

绿雨君这个人，说话就是这个腔调。幽默也罢，辛辣讽刺也好，当时的调侃，还没有谁比得过他。但是，远离东京的故交来到此地的我，还能被绿雨君在作品中提及，我想也许是最后一次了吧。虽然在文学创作上我能直接从他身上学到的东西

---

① 平田秃木：1873—1943，英语文学家，翻译家，随笔家。
② 上田敏：1874—1916，诗人，评论家。
③ 斋藤绿雨：1867—1904，小说家，文学评论家。

不多，但他却拥有很多人不具有的人世间的大智慧。从这一点来说，我还是得到了不少的启发。

鸥外[①]、思轩[②]、露伴[③]、红叶[④]等其他文学家的很多消息，我也多是从绿雨君那里得到的。他过世后，马场孤蝶[⑤]君曾经说过："每当回想起我同绿雨君交往的点点滴滴，我就会不由得感叹，一个已经过世了的人，还总是会让人想起他，这个男人果然还是有很多过人之处啊。"对此我颇有同感。

我在小诸城听闻红叶山人[⑥]过世的消息，那一刻的感受永难忘怀。由于我一年只有一次回东京探访友人的机会，所以很多前辈的近况我都所知甚少，但是我知道，鸥外渔史[⑦]就是那样一个不懂得休息、孜孜不倦的人，所以我能够想象他从自己的书斋——观潮楼向外凝神远眺，心平气和地思考着文学的进展变

[①] 鸥外：森鸥外（1862—1922），医生、药剂师、小说家、评论家、翻译家。别号鸥外渔史、观潮楼主人。曾赴德国留学，深受叔本华、哈特曼的唯心主义影响，哈特曼的美学思想成为他后来从事文学创作的理论依据。著有《舞姬》《阿部一家》等。森鸥外是日本19世纪初明治维新之后浪漫主义文学的代表人物，与同时期的夏目漱石、芥川龙之介齐名，此三人被称为日本近代文学三大文豪。

[②] 思轩：森田思轩（1861—1897），日本《邮便报知新闻》的记者。因翻译作品《十五少年》等，在明治文坛占有一席之地。

[③] 露伴：幸田露伴（1867—1947），小说家。本名幸田成行，别号蜗牛庵。以《五重塔》和《命运》等作品确立了自己在文坛的地位。

[④] 红叶：尾崎红叶（1868—1903），本名德太郎，号有缘山、半可通人、十千万堂等。日本近代著名小说家、散文家、俳句诗人。

[⑤] 马场孤蝶：1869—1940，英文学者、评论家、翻译家、诗人。庆应义塾大学教授。

[⑥] 红叶山人：这里是指尾崎红叶。

[⑦] 鸥外渔史：为森鸥外的别号。

迁。另外，他也格外关注柳浪①、天外②、风叶③等作者的新作，我想这就是他守护后辈们的方式吧。渐渐地，明治文学也迎来了应该有所改变的时期，每一个人都在为了新时代的到来而做着准备，我想这就是明治三十年代的特征。

破旧立新有时是得不偿失、白费功夫的。如果真能拿出来全新的东西，那些旧物自然就陷于毁灭了，这是我自仙台以来秉持的信条。为即将到来的时代做好万全准备，对我来说无异于对自己进行了更新换代，形成了一个全新的自我。广阔的世界就这样在我的面前逐渐扩展，延伸开去。对于一个生活并不宽裕的乡村教师而言，要想买自己喜欢的好书绝对不是轻松的事，但我长久以来的愿望终于实现，每天我都从那些读物中学到了很多新知识。譬如，达尔文的《物种起源》和《人类和动物的表情》等书深深地打动了我，因为其中所蕴涵的丰富而博大的自然研究精神令人动容；还有心理学家萨雷，他的儿童研究也令我感动。回想起那时的情形，我发现不知从何时起，我的书架竟完全改变了风格，上面陈列的不再是清一色的近代诗

---

① 柳浪：广津柳浪（1861—1928），小说家。东京大学肄业，于明治二十二年（1889）成为砚友社成员。他以写作内容深刻及悲惨题材的小说而闻名，代表作有《黑蜥蜴》《变目传》《今户情死》。

② 天外：小杉天外（1865—1952），小说家，秋田县人。最初作为风俗小说家步入文坛。代表作品有《初姿》《魔风恋风》等。

③ 风叶：小栗风叶（1875—1926），小说家。早年师从尾崎红叶，所作《龟甲鹤》（1896）颇受幸田露伴称赞。1898年发表长篇小说《恋慕倾流》，奠定作家地位。代表作有《青春》（1905）等。作品以明治三十年代新旧交替时代的青年男女爱情为轴，展现了时代风貌。1907年至1908年，发表《恋心萌醒》《世间师》等，转向自然主义，是日本自然主义早期代表作家之一。

集或其他著作，欧洲大陆的小说和戏曲类图书的英译本一册一册增多起来。列夫·尼古拉耶维奇·托尔斯泰的《哥萨克》《安娜·卡列尼娜》，陀思妥耶夫斯基的《罪与罚》《西伯利亚记》，福楼拜的《包法利夫人》，还有易卜生的《约翰·盖勃吕尔·博克曼》等书，都成为我爱不释手的佳作。实际上，我最初接触托尔斯泰的著作并不是小说，而是一本名为《劳动》的小册子。我从明治书院的旧学校里出来的第二年，从严本善治夫妇的藏书中，无意间发现了这本书的英译版。这样的回忆留存不多，但回想起来，我依然觉得犹如遇到了故友般亲切无比。书中准确的描写吸引着我，即便后来我去千曲川上游的高原一带旅行，仍会对托尔斯泰著作中的人物充满新奇的想象，甚至那未曾见过的高加索地区的风土人情也令我心驰神往。当时我主要从横滨一家名为凯莉的书店订购外文书籍，书店也为我邮寄了巴尔扎克的小说，是英译本的《土》。这本书给我留下了极为深刻的印象，长期以来让我念念不忘。最令我感到不可思议的是，欣赏那些经典的外国文学著作并沉醉其中，反而激发了我要重新品读我们自己国家古典文学的兴致。正是在这一时期，我逐渐发现那本写尽了美好事物、充满蓬勃朝气的《枕草子》中，有很多值得我学习的东西。

　　站在当下，回首明治二十年代，对于我来说就是在回忆自己的青年时代。二十年代早期，鸥外渔史凭借着《舞姬》这部作品登上了文学创作的舞台。我记得明治二十四年（1891），他在《新著百种》上发表了《信使》。随着时间的流逝，往昔的人事已经逐渐模糊，留存的记忆也往往前后颠倒，或变得模糊朦胧。但可以说，真正的明治文学发端于二十年代。时至今日，明治文学也是那十年间活跃于文坛的人不懈努力、勤勉工作的成果。我认为，明治二十年代是一个活泼的充满朝气的时代，执笔创作的人们齐头并进，奋发向上。我之所以这样想是有理由的，当时很多人都在思索如何建立一个新的日本，强烈的社会要求使得新人作家辈出。长谷川二叶亭[①]创作的《浮云》之所以能唤起深藏于我们心中的新鲜感，正是因为它顺应了时代的需要。然而，能够如此鲜活地反映时代风貌，针砭时弊、批判现实的作品实在是太珍贵、太稀少了。另一方面，像鸥外渔史这样的作家，不断地将莱辛的《俘虏》、安徒生的《即兴诗人》，以及其他的一些名著翻译推介给日本的读者，将当时的文学提升到了一个很高的水准，也给众多的作家带来了不小的影响。《水沫集》一卷，如若说是一部青春的书未免显得过于老成持重，然而明治二十年代早春的气息却依稀留存在作品的字里行间。

如果明治二十年代的文学创作遵循这样的基调顺畅发展，那么一定会更加繁盛。可是，慢慢地，人们失去了最初所坚持的纯粹性，最终丧失了创作上的新鲜感。当然，这样的结果是复杂的原因造成的。

无论如何，在明治文学的发展过程中，言文一致运动[②]的基

---

① 长谷川二叶亭：1964—1909，日本作家，俄罗斯文学翻译家。本名长谷川辰之助，笔名二叶亭四迷。1887年发表第一部长篇小说《浮云》，首创言文一致体（白话文），成为日本近代小说的先驱。

② 言文一致运动：日本的言文一致运动始于1887年。当时，日本近代文学创始人之一的二叶亭四迷用「だ体」发表了小说《浮云》，开创了言文一致文体的新纪元。

础工作尚未十分完善，这也是一个不争的事实。即使像红叶山人这样的作家，也一直在雅俗折中和言文一致的文体之间犹豫徘徊。不管怎样，那一时期依然遗留着浓重的古文创作文风，撰写文章的条条框框仍束缚着人们。这些无不妨碍着语言情感的表达，以及语言情趣的自然流露，这样的状态无论如何都难以为继。于是，人们开始谋求创作上的变化和自由，我想迄今为止的作家们所使用的表现手法已经越来越无法满足写作诉求了。据我所知，像斋藤绿雨君这样聪明的人，在这一点上尤其感到无尽的苦闷。我想，他在创作文章之时所承受的痛苦是非常巨大的，读者们在《油地狱》和《捉迷藏》这样的作品中可以感知得到，作者的创作才华并没有得到充分的发挥。

在那之后，鸥外渔史开始重新执起创作之笔，在《新小说》杂志上发表了一篇《错染》。阅读了他的这部作品，我感到像渔史这样的人也迎来了新的转机。正如我们在《错染》这一浅显易懂的标题中看到的一样，渔史已经不是那个非要将高格调的文笔贯彻始终的人了，《错染》与他曾经的作品《信使》和《泡沫记》已完全不同。彼时，透谷君和一叶[①]女士短暂的文学创作生涯已成为过去，而柳浪过世实在太早，蜗牛庵主[②]完成了《新羽衣物语》，红叶山人已达到能写出《金色夜叉》[③]这样佳作的

---

① 一叶：樋口一叶（1872—1896），原名樋口夏子（一说樋口奈津）。日本女作家，日本近代批判现实主义文学早期的开拓者之一。主要作品有《青梅竹马》《岔路》《十三夜》《浊流》《大年夜》《行云》等。

② 蜗牛庵主：幸田露伴的别号。

③ 《金色夜叉》：尾崎红叶所著长篇小说。所谓"金色"意指黄金，意味着小说的主人公拥有大批的金钱，成为对社会进行种种报复的"夜叉"。

成熟创作阶段。鸥外渔史的《错染》问世之时，我们再次回顾明治二十年代初叶的文坛，真是有一种恍如隔世之感。十年的时光，对于明治时期的文学家们来说，绝对不短暂。

或许在每一位明治文学家的创作生涯中，二十年代末到三十年代初，都是特别动荡的时期。绿雨君与鸥外渔史和幸田露伴等人的交往大概就在那个时候。也是在这一时期，前辈作家们开始决定为崭露头角的文坛新秀们举行集体讲评会。

现在回想，明治文学的早期开拓者以引介和吸收欧洲文学为出发点，都成为深得要领的大家。当然，他们的创作也颇具我们自己国家的文学特色。我想这其中，一方面得益于文学家们继承了德川时代的遗产，另一方面也受益于中国古典文学的长期滋养。无论如何，当很多文学家在以十八世纪的英国文学为创作追求目标之时，从德国学成归国，并从德国文学的视角感知十九世纪的文化传统的鸥外渔史取得了最为斐然的成就，也发挥了极大的优势。但是，就连森鸥外本人也对萌发于本国的言文一致的尝试怀着犹疑态度。从这个角度来看，我认为山田美妙①和长谷川二叶亭这两个人的见识和觉悟确实远远早于一般人。

我认为明治时期新文学的萌芽和进步与言文一致的飞速发展紧密相连，二者不可分割。思考一下诸位前辈走过的道路，就会发现他们在言文一致运动中的各种尝试是通往文学创作最

---

① 山田美妙：1968—1910，日本明治时期的文学家，早年提倡白话文，和尾崎红叶、幸田露伴齐名，后来逐渐守旧，被排挤出文学主流，作为支流小说家终其一生。

便捷的通道。我们现在的创作被从古文写作的束缚和繁复的表现手法中解放出来，甚至达到了言文一致的程度，这一事实绝对不是后来想象的那般轻而易举。首先，言文一致发端于文学上的尝试，然后在全社会得到了广泛的应用。从新闻评论到科学论文，甚至每个人所写的书信，再普及到儿童作文的写作。我想这个漫长的过程，是经年累月努力的结果。但是，无论如何，德川时代的俳谐①和净琉璃②的作者们在对俗语民话娴熟的运用中，表现出来的自由、轻松和随意，却真的是给语言世界投射进了一道鲜亮的光束，带来了一股清新的风尚。自那之后，一些国学家开始重新探索《万叶集》和《古事记》中的传统文化，将一直埋没在阴暗角落里的古老语言世界重新带进了光明之中。与这两次重大的语言文化发展进程一同出现的，就是进入明治时代之后才产生并发展起来的言文一致运动。我想，在这个过程中始终努力向前并加油助力的人们所做的贡献，实际上是文学的基础工程，奠定了文学发展的基石。我在撰写这本速写集的工作之余，还致力于研究言文一致，那绝对不是一朝一夕就下定决心的事。

时至今日，我在山上已经生活了七年之久。这期间，我在位于马场后面的寒舍里，先后接待过小山内薰君、有岛生马君、

---

① 俳谐：早在《古今和歌集》中已有诽谐歌的分类。至日本江户时代，俳谐主要指连句（长篇俳谐）和发句（由连句的第一句独立而成，明治时代后称为俳句）。

② 净琉璃：日本的木偶戏，由三个人分工进行操作。人形净琉璃（"文乐"）是日本四种古典舞台艺术形式（歌舞伎、能戏、狂言、木偶戏）中的一种。

青木繁君、田山花袋君，还有柳田国男君等诸君。与他们相聚的日子令我难以忘怀。我还时常与小诸城私塾的鲛岛理学士、水彩画家丸山晚霞君一起，带领学生们走出校门去旅行。千曲川的上游到下游，到处都留下了我们的足迹。这本速写集记录了我在小诸城生活的点点滴滴，那些令我难忘的生活景象构成了千姿百态的小诸城生活回忆录。